黄河口

民间歌谣研究

刘娟 著

中国海洋大学出版社
·青岛·

图书在版编目（CIP）数据

黄河口民间歌谣研究／刘娟著. —青岛：中国海洋大学出版社，2019.8

ISBN 978-7-5670-2367-3

Ⅰ. ① 黄⋯ Ⅱ. ① 刘⋯ Ⅲ. ① 民间歌谣－文学研究－东营 Ⅳ. ① I207.72

中国版本图书馆 CIP 数据核字（2019）第 195832 号

出版发行	中国海洋大学出版社			
社　　址	青岛市香港东路23号		**邮政编码**	266071
出 版 人	杨立敏			
网　　址	http://pub.ouc.edu.cn			
电子信箱	wangjiqing@ouc-press.com			
订购电话	0532-82032573（传真）			
责任编辑	王积庆		**电　　话**	0532-85902349
印　　制	日照日报印务中心			
版　　次	2020年8月第1版			
印　　次	2020年8月第1次印刷			
成品尺寸	185 mm × 260 mm			
印　　张	11.75			
字　　数	271千			
印　　数	1—1 000			
定　　价	38.00元			

发现印刷质量问题请致电 0633-2298958，由印刷厂负责调换。

前 言

Preface

　　民间歌谣是某一特定区域人们劳动、生活、情感、风情的反映，是历史留给中华民族宝贵的非物质文化遗产。它讲求语言的句式美、韵律美、修辞美，是艺术的瑰宝，是语言的财富。在"讲好中国故事"的时代任务下，我们有必要挖掘我国民间歌谣这一民间文学的宝贵财富。

　　本书首先总结了新时期国内民间歌谣研究的整体情况。从地域文化视角，分关东地区、燕赵地区、三秦地区、中原地区、齐鲁地区、淮河流域、吴越地区、荆湘地区、闽南地区、岭南地区、巴蜀地区、台湾海峡两岸、少数民族地区、其他类，共计 13 个类别，系统总结了我国民间歌谣地域研究分布情况与主要研究的四点思路：一，收集整理、文化意蕴、语言学研究方向等是研究的主要理路。二，特色地域、族群研究突出，燕赵、荆湘地区以及彝族、客家、壮族、纳西族、侗族、傣族等少数民族地区的民间歌谣的研究较多。关东、中原、齐鲁、巴蜀等文化底蕴深厚的地区相对研究较少，有待进一步研究。三，民间歌谣的概论、概要、历史梳理研究等综合理论研究热度不减。四，21 世纪以来民谣研究热情高涨，水平较高，其中 2006 年～2009 年的歌谣高被引研究较多，共计 10 篇，选题主要集中在历史学、教育学领域，同时涉及艺术特征、地域歌谣等方面。

　　在总结经验的基础上，本书提出未来我国民间歌谣研究的四个方向：一，民间歌谣的研究要继续选取地域文化典型、突出的地域进行研究，尤其是目前研究薄弱的关东、中原、齐鲁、巴蜀等地区要加强研究。二，在收集整理的同时更要注重传承发展和特色地域文化的深入挖掘。三，民间歌谣在美学、艺术风格、比较研究、教学研究、传承创新等方面的研究需要我们在前辈们研究的基础上"接着讲"。尤其是艺术风格方面的研究要全面：表意结构（意象选取、修辞方法）、语言风格（方言运用、修辞风格、节奏韵律、篇章结构、句式结构）、审美情趣（风格特色、情感特色）等。四，研究方法方面，要坚持田野研究与文本研究相结合，定性与定量相结合，研究"活态"的民间歌谣。

　　其次，本书总结了新时期山东省民间歌谣研究的大略情况。新时期，山东民间歌谣研究数量不多，主要集中在以临沂和枣庄为代表的鲁南地区。音乐学角度的研究较为多见，区域特色歌谣的整理、语言艺术、传承与发展方面的研究较少。然而，从古至今，山东民间歌谣广泛流传,数量大,品种多,劳动号子、民间小调、情歌、仪式歌、儿歌等有着独特的地方特点和色彩。从《诗经》中所收的《齐风》11篇,《鲁颂》4篇,《曹风》4篇来看,足以反映出当时的齐鲁大地民谣风行盛传之貌。再从后期的《乐府诗集》看,它将齐歌、吴歌、楚歌分为古代诗歌(民歌)的三大流传区域,其中"齐讴"作为一种民歌形式被承认,并详载于古代典籍之中,也足以看到山东民歌的产生和传播非同一般。齐鲁域内,鲁西、鲁北、鲁中、鲁南以及胶东地区的民间歌谣都具有地域色彩,极有收集、整理研究的价值。

　　位于鲁西北黄河入海口的东营市地域文化特色鲜明,域内古齐文化、兵学文化、渔盐文化、吕剧文化、黄河文化、海洋文化、红色文化、石油文化等互相影响、交融发展。黄河口民间歌谣是黄河口地区的劳动人民集体创作的反映黄河口历史生活的、具有特殊音乐感、节奏感的通俗易懂的口头短歌,地域文化色彩浓厚。而目前,黄河口民间歌谣的学术研究仍处于空白阶段。依托基金项目——山东省高校科研计划项目(人文社科类)黄河口民间歌谣的整理与研究(项目编号:J18RB208)、2020年度山东省社会科学规划研究项目:黄河文化精神提升大学生文化自信的路径研究(项目编号:20CPYJ11)、2020年度山东省艺术科学重点课题:黄河文化的精神内涵与当代价值研究(项目编号:ZD20208515),参照国内其他地域民间歌谣的研究成果,我们对黄河口民间歌谣进行了初步研究。我们历时一年搜集了东营市三区两县各地歌谣集成和各种资料以及询问笔录,经过筛选整理后,共选取447首黄河口民间歌谣作为研究对象。

　　本书共分为九章。第一章为绪论部分,该部分对相关概念进行界定,并对近三十年国内各地民间歌谣的整体研究现状及趋势,尤其是山东民间歌谣研究现状及发展趋势进行综述。第二章简单介绍了目前国内对民间歌谣的分类,以及我们对黄河口民间歌谣(447首)的九种分类:劳动歌(44首)、时政歌(114首)、生活歌(44首)、仪式歌(40首)、情歌(49首)、劝世歌(9首)、诙谐歌(9首)、历史传说歌(16首)、儿歌(122首)。第三章为黄河口民间歌谣的思想内容,该章节结合具体的歌谣案例从劳动歌、时政歌、生活歌、仪式歌、传说歌、情歌、儿歌七个方面分类介绍黄河口民间歌谣思想内容。第四章探究了古齐文化在黄河口民间歌谣中的表征。作为一种民间文学体裁,民间歌谣体现着黄河口域内人民的社会心理状态、思维方式、价值观念以及人生态度,承载了丰富的古齐文化内涵。由黄河口民间歌谣直观古齐文化,主要有三点:农商并举、尊重实际的务实精神;积极进取、崇尚功用的人生态度;以及重兵尚武、富国强兵的兵学思想。第五章为黄河口民间歌谣与《诗经》《汉乐府》婚恋诗的比较。本章从相恋、婚姻两大方面对黄河口民间歌谣的49首婚恋诗与《诗经》《汉乐府》在爱情观、思想内容、艺术形式三个层面进行比较。第六章分析了黄河口民间歌谣的语言风格:本章从方言词语、修辞手法两个方面对黄河口民间歌谣的语言进行分析,以探求其独具魅力的语言风格。第七章探讨了黄河口民间歌谣的社会价值:一方面探究黄河口民间歌谣的社会价值与历史文化价值;另一方面分析了黄河口儿歌对儿童发展的价值(儿童语言发展、儿童认知发展、儿童生理发展、社会性发展);并且理论与实践相结合提供了黄河口儿歌活动导引(亲子活动导引、伙伴活动、师生活动),为家庭、学校开展儿歌活动提供参考。第八章探析了黄河口民间歌谣的保护与传承方案。课题组采用问卷调查的方式调研了黄河口民间歌谣的传承现状：针对不同领域设计了不同形式的问卷，对东营市的幼儿园、小学、高校以及其他社会部门进行了调查与分析，合计发放问卷900份，回收有效问卷787份。在调研的基础上，提出黄河口民间歌谣的保护方案及教育传承对策。第九章为部分黄河口民间歌谣选录。为了使读者对黄河口民间歌谣有更进一步的了解，我们从《岁月如歌——东营老民谣》《东营民谚民谣》《黄河三角洲民俗文化》中选取了一些有代表性的黄河口民间歌谣。选录的原则是按照劳动歌、时政歌、生活歌、仪式歌、情歌、劝世歌、诙谐歌、历史传说歌、儿歌九个小类，每类选几首典型的代表作供读者赏析。

古老的黄河，不仅孕育了悠久的华夏文明，也使黄河口拥有了丰厚的人文历史资源和优秀的传统文化根基。黄河口民间歌谣是黄河口文化的写照，记录了黄河口跌宕起伏的发展史。"青青子衿，悠悠我心"，对黄河口民间歌谣的热爱使我成斯此书，抛砖引玉，以了心愿。

刘 娟

2020 年 8 月

目录

CONTENTS

第一章
绪 论

　　民间歌谣是某一特定区域人们劳动、生活、情感、风情的反映,是历史留给中华民族宝贵的非物质文化遗产。它讲求语言的句式美、韵律美、修辞美,是艺术的瑰宝,是语言的财富。在"讲好中国故事"的时代任务下,我们有必要挖掘我国民间歌谣这一民间文学的宝贵财富。

第一节　概念界定

一、民间歌谣的概念

　　《诗经·魏风·园有桃》中有言:"心之忧矣,我歌且谣。"①《毛诗·故训传》:"曲合乐曰歌,徒歌曰谣。"②所谓"徒歌"即指"谣",它没有"歌"的曲调,但是仍有较强的音乐感、节奏感,可以吟诵、朗诵,因而称作"徒歌"。清朝杜文澜的《古谣谚·凡例》一书中有言:"谣与歌相对,则有徒歌合乐之分,而歌字究系总名;凡单言之,则徒歌亦为歌。故谣可联歌以言之,亦可借歌以称之。"③可见,杜文澜认为歌字是总称,徒歌也是歌。《尔雅·释乐》中有言:"歌有弦歌、笙歌,要以人声为主。"又言:"谣,谓无丝竹之类,独歌之。"可见,歌与谣都因"人声"而具有歌唱性,都属于声乐艺术。弦、笙、丝竹是器乐,因此,谣是无伴奏之类。综上,古代以合乐为歌,徒歌为谣。一般来说,歌因为配乐和曲谱的约束,歌词有与之相适应的句法章法结构,节奏通常比较徐缓。谣不配乐,没有固定的曲调,采取吟诵的方式,章句格式较为自由,节奏一般比较紧促。现在我们把"歌"与"谣"统称为歌谣。

　　歌与谣的区别已经很清楚了,那么,何谓民间歌谣?

　　朱自清在《中国歌谣》中借用外国的民间歌谣定义:"Frank Kidson 在《英国民歌论》

---

①　袁梅. 诗经译注 [M]. 济南:齐鲁出版社,1980:294.

②　毛亨传,郑玄笺. 毛诗 [M]. 济南:山东友谊出版社,1990:9.

③　[清] 杜文澜. 古谣谚 [A]. 吴超. 中国民歌 [C]. 杭州:浙江教育出版社,1995:3.

（*English Folk-Song*, 1915）里说民歌是一种歌曲（song and melody），生于民间，为民间所用以表现情绪，或（如历史的叙事歌）为抒情的叙述者。……就其曲调而论，它又大抵是传说的，而且正如一切的传说一样，易于传讹或改变。它的起源不能确实知道，关于它的时代，也只能约略知道一个大概。"[①]

当代，钟敬文先生对民间歌谣的研究成绩突出。他指出，"民歌受到音乐的制约，有比较稳定的曲式结构，所以歌词也有与之相适应的章法和格局；民谣大都没有固定的曲调，唱法自由近于朗诵，所以谣词多为较短的一段体，章句格式的要求上不像民歌那么严格。"[②]钟敬文从音乐、曲调、章法和格局四个方面区分了歌与谣。学术界对此区分比较推崇。因此，对于民间歌谣的定义，我们也采用学术界比较认同的钟先生的定义，即民间歌谣是劳动人民集体的口头诗歌创作，属于民间文学中可以歌唱和吟诵的韵文部分，它具有特殊的节奏、音韵、章句和曲调等特征，并以短小或比较短小的篇幅和抒情的性质与史诗、民间叙事诗、民间说唱等其他民间韵文相区别。[③]

二、黄河口文化

（一）黄河口的界定

黄河口指的是以东营市为主体的黄河入海口地区，包括东营市的三区两县，即东营区、河口区、垦利区、广饶县、利津县，总面积 7923 平方千米，人口约 220 万。

（二）黄河口文化

黄河口文化是指黄河入海所处的地域——山东省东营市域内的文化。因此，黄河口流域的文化主要是指东营人民创造的物质文明与精神文明。黄河口文化蕴藏了丰富的传统文化底蕴，是多元文化汇聚的地域。东营市早在 5500 年前就有了早期人类活动的足迹，现存的傅家遗址是鲁北地区发现的最具代表性的大汶口文化遗址之一。此外，域内的儒家文化、古齐文化、兵学文化、盐业文化、黄河文化、海洋文化、红色文化、石油文化等也在这片土地上互相影响、交融发展。古老的黄河，不仅孕育了悠久的华夏文明，也使黄河口拥有了丰厚的人文历史资源和优秀的传统文化根基。

三、黄河口民间歌谣

黄河口民间歌谣是黄河口地区的劳动人民集体创作的反映黄河口历史生活的、具有特殊音乐感、节奏感的通俗易懂的口头短歌。黄河口民间歌谣是黄河口岁月的写照，记录了黄河口跌宕起伏的发展史。

我们历时一年搜集了东营市三区两县各地歌谣集成和各种资料以及询问记录，经过筛选整理后，共选取 447 首黄河口民间歌谣作为研究对象。

---

① 朱自清.中国歌谣 [M].长春：吉林出版集团股份有限公司，2016：14.
② 钟敬文.民间文学概论 [M].上海：上海文艺出版社，1980：238.
③ 钟敬文.民间文学概论 [M].上海：上海文艺出版社，1980：238.

第二节 民间歌谣研究综述

一、近三十年各地民间歌谣研究现状

要研究我国民间歌谣的研究状况，需要从地域、类别等角度进行深入探究。截止到 2018 年 2 月，我们收集了民间歌谣专著 50 余本，统计了中国知网上收录的 2025 条民间歌谣的文献研究资料。

（一）民间歌谣的研究主题

根据统计结果，课题组采用聚类统计分析方法对搜集到的民间歌谣的专著和学术／学位论文进行主题分类，绘制了表 1-1。

表 1-1 新时期我国民间歌谣研究情况一览表（合计 93 项）

类别	专著	代表性学术／学位论文	合计
文学	杨民康．中国民歌与乡土社会，1992；陈宇京．三峡传统民歌文化研究，2010；刘旭青．文化视野下浙江歌谣研究，2009；吴一文，覃东平．苗族古歌与苗族历史文化研究，2000；杨通江．苗族歌谣文化，1992；余海章，戴承元．紫阳民歌文化研究，2008．	徐雪，彭栓红．民间情歌意象的文化心理解读，2004；朱芹勤．民间歌谣助推少儿树立文化自信，2017；戴昭铭．试论当代民谣的语言文化价值，2006．	9
语言学	沙汉昆．中国民歌的结构与旋法，1988；罗冬生．"衬词"的表现特征与风格，2008；段宝林．古今民间诗律，1999；王廷绍，华广生．明清民歌时调集，1987．	杨文权，李治儒．试论当代民谣语的语言特点及修辞策略，2003；朱英贵．试析中国当代民谣的修辞技巧，2007；周玉娟．黄冈民歌的衬词衬腔探析，2007；石林．侗族北部民歌格律，1986；王鹏翔．陕北民歌中的数字修辞，2004；倪淑萍．浙江金华民歌衬词的功能及其表现形态，2010；石林，杨正蜜．天府侗民歌的韵律，2011．	11
美学	陈蔚．原生态民歌的美学探讨，2009．	范秀娟．黑衣壮民歌的审美人类学研究，2006；王博．汉族民歌歌词的文化内涵研究，2006．	3
保护传承		赵琳．新时代背景下广西壮族民歌的传承与发展，2009；罗剑．布依族民歌传承发展的前景及走向——布依族西部民歌文化生态调查，2010；张兰芳．陕北民歌传承与发展研究，2012；张佳妮．天之所生地之所养：文化部民族民间文艺发展中心李松主任谈原生态民歌的保护与传承，2005；刘明健，解丽．原生态民歌：在传统与当代之间保持必要的张力，2008．	5
考注	冯梦龙编，刘瑞明注．冯梦龙民歌集三种注解，2005．		1

续表

类别	专著	代表性学术／学位论文	合计
鉴赏	李文禄，王巍主编．中国古代民歌鉴赏辞典，1999；周中明．中国历代民歌鉴赏辞典，1993.		2
心理学	徐龙华．中国歌谣心理学，1990.		1
艺术风格	王沥沥．民歌艺术，2008.	张胜冰．原始歌谣的艺术社会学透视——原始艺术哲学考释之一，2002；黄少红．论广东传统客家山歌的艺术特色，2010.	3
比较研究		吴丽．汉乐府民歌与英国通俗民谣之比较，2006.	1
价值功能意义		黄允箴．生存与释放——论遗存原生态民歌的传统功能与观念，2003；王磊，赵英华．原生态民歌崛起的必然性及意义，2006；彭栓红．原生态民歌在民俗旅游中的功能及应用策略：以山西民歌为例，2016.	3
古代相关研究	吕肖奂．中国古代民谣研究，2006；〔清〕杜文澜著、周绍良校．古谣谚，1958；天鹰．中国古代歌谣散论，1957.	梁春红．先秦民间歌谣的社会功能研究，2012；曾大兴．中国古代歌谣理论概观，1993；张佳玉．《史记》歌谣、谚语研究，2016；刘琦．南朝民歌的美学特征，2009；蔡金成．宋代民间歌谣研究，2012；范晓婧．宋辽金民间歌谣研究，2015；辛颖．先秦歌谣研究，2017；周玉波．明代民歌研究，2017；王海燕．从冯梦龙编纂民歌时调看明代"民间真诗"理论，2006.	12
地域歌谣收集整理	赵晓阳．旧京歌谣，2006；孙光钧．天津民歌研究，2005；王新林．海原民间歌谣，2016；王兆福，秦建华河东文化歌谣百首，2016；杨明．云南原生态民歌选集，2011；林朝虹，林伦伦．潮汕方言歌谣研究，2016；王敏红．越地民间歌谣研究，2016；周关东，沈云娟．嘉定民间歌谣选，2009；朱秋枫．杭州运河歌谣，2013；朱建颂．武汉民间歌谣，2011；桑俊．红安革命歌谣研究，2009；魏伟新．海丰歌谣全本评注，2017；林华东．泉州歌谣，2011；张忠发．畲族卷——民间歌谣，2016；杨晓丽．花儿：丝绸之路上的民间歌（Hua'er——Folk Songs from the Silk Road），2016；王万洪，肖砚凌．四川民间儿童歌谣集成，2015.	陈榕滨．潮汕歌谣探美，1987.	17

类别	专著	代表性学术／学位论文	合计
族群歌谣研究	江明惇．汉族民歌概论，1996；王光荣．彝族歌谣探微，1991；顾领刚．吴歌·吴歌小史，1999；黄玉英．江西客家民歌研究，2006；黄勇刹．壮族歌谣概论，1983；和志武．纳西族民歌译注，1995；王光荣．彝族歌谣探微，1991；吴浩，张泽忠．侗族歌谣研究，1991；岩林，曼相，波瑞．傣族风俗歌，1988．	石莉芬．水族纺织歌谣研究，2017．	10
综合研究	胡怀琛．中国民歌研究，1925；朱自清．中国歌谣，1957；钟敬文．歌谣论集，1992；朱雨尊．民间歌谣全集（复制版），2014；柯杨．民间歌谣，2006；孙正国．中国民间歌谣经典，2014；贾芝．中国歌谣集成．云南卷，2003；李映明．中国民歌概论，1992；刘金荣．中国民歌概述，1998；王光荣．歌谣的魅力，2005；吴超．中国民歌，1995；赵晓兰．歌谣学概要，1993；张紫晨．歌谣小史，1981；朱介凡．中国歌谣论，1974．	陈晓雪．民间歌谣研究的现代走向——2009年民间歌谣研究概述，2013．	15

＊资料来源：中国知网搜索统计得出结论

从表1-1可以看出，我国民间歌谣各地域的研究热度不减。其中，南方各地的研究较多，研究主题不断拓宽，研究方法日趋多样。地域范围或种群范围内的收集整理、文化意蕴、语言学、保护传承研究等是我国民间歌谣研究的主要理路。这些研究主题为我们的研究提供了重要思路，其相关重要研究成果是我们研究的重要参考。

（二）民间歌谣的地域文化研究

在表1-1的基础上，我们从地域文化视角，进一步研究我国民间歌谣地域研究分布情况。

1. 关东地区

关东地区民间歌谣的研究地域集中在吉林、黑龙江、内蒙古三地。选题主要集中在文化意蕴、民俗文化两方面，主要论文有：《吉林民间歌谣的文化意蕴》（刘颖，2015）；《黑龙江歌谣及其民俗文化内涵研究》（王海龙，2011）；《民间生命的狂歌——东北满族歌谣的探析》（殷晶波，2011）；《鄂伦春歌谣及其民俗文化研究》（孙云天，2015）。

关东地区民间歌谣的研究尚不丰富。"黑土文化""黑水文化""长白文化""辽海文化""蒙古草原文化"以及当代特有的"北大荒文化"在民间歌谣中虽有直观体现，但还有待学者做进一步研究。

2. 燕赵地区

燕赵地区民间歌谣的研究地域集中在北京、邯郸、张家口、保定、更乐、丹东六处，主要进行收集整理、饮食习俗、传承、历史渊源及流变方面的研究。现有专著一部:《旧京歌谣》(赵晓阳,2006)。代表性论文:《浅析清末民初张家口地区的民间歌谣》(阎晓雪,2016);《保定民间歌谣的历史渊源及流变》(马兰,2010);《保定民间歌谣饮食习俗探源》(马兰,2012);《村落文化与民间歌谣的传承——以〈更乐民间轶事〉为个案》(何石妹、常玉荣,2017);《辽宁丹东满族歌谣浅论》(代娜新,2016)。

从地理环境和生产方式上看,燕赵文化是一种平原文化、农业文化、旱地农耕文化。在民族上,它是一种以汉民族为主体的文化。从文化特征上看,燕赵区域也具有独特的文化特征——慷慨悲歌、好气任侠。然而,就该域内歌谣目前的研究成果来看,对农业农耕文化以及文化特征尚未涉猎,尚有研究的余地。

3. 三秦地区

三秦地区民间歌谣的研究地域集中在晋城、陇东、宝鸡、凉州、河东。三秦民风淳朴、高亢,民歌以陕北的信天游和陇东的花儿最有代表性,也表现出这种民风特点。该地域的语言文化极具特色,因此选题在收集整理的基础上,偏重语言研究、文化人类学研究、音韵学研究、美学研究和传承发展研究。代表性专著两部:《海原民间歌谣》(王新林,民族出版社,2016);《河东文化歌谣百首》(王兆福、秦建华,山西人民出版社,2016)。代表性论文:《晋城民间歌谣语言特色研究》(苏新星,2011);《古老黄土高原上的心灵之歌——论陇东民间歌谣的美学意义》(张文诺,2015);《五凉时期凉州歌谣研究》(毕晓琼,2017);《陕甘宁民间歌谣音韵研究》(王翠红,2014);《陕北民歌传承与发展研究》(张兰芳,2012)。

4. 中原地区

中原地区民间歌谣的研究较少,主要研究地域在焦作。选题集中在语言特征、修辞艺术、中原文化三个方面。代表性论文2篇:《当代河南民谣语研究》(勾晓恒,2012);《焦作民间歌谣文本中"比"的修辞艺术》(曹爽,2010)。

中原,本意为"天下至中的原野",是华夏文明和中华文明的发祥地,是华夏民族的摇篮。中原地区随着华夏民族的大融合以及中原文明的扩展而逐渐向外蔓延,扩大了以中原文化为核心的汉族和各民族之间的交流。因此,中原地区的民间歌谣研究潜力十分巨大。

5. 齐鲁地区

齐鲁地区民间歌谣研究主要集中在临沂和枣庄地区。选题集中在历史渊源、地域分布、语言研究、音乐学方面。专著一部:《鲁南民间歌谣精选》(沙朝佩,山东文艺出版社,2004)。代表性论文:《山东民间歌谣简论》(武鹰,1994);《孟子故里民歌研究》(刘晓平,2011);《枣庄民间歌谣语言研究》(孙丽莎,2015);《山东临沂民歌的音乐风格研究——以〈沂蒙山小调〉与〈绣荷包〉为例》(李月婷,2015);《临沂民歌风格特征与传承》(王洪娜,2011)。

齐鲁地区民间歌谣总体研究较少,主要集中在鲁南地区。从古至今,山东民间歌谣广泛流传,数量大,品种多,劳动号子、民间小调、情歌、仪式歌、儿歌等有着独特的地方特点和色彩。从《诗经》中所收的《齐风》11篇、《鲁颂》4篇、《曹风》4篇来看,足以反映出当时的齐鲁大地民谣风行盛传之貌。再从后期的《乐府诗集》看,它将齐歌、吴歌、楚歌分为古代诗歌(民歌)的三大流传区域,其中"齐讴"作为一种民歌形式被承认,并详载于古代典籍之中,也足以看到山东民歌的产生和传播非同一般。胶东、沂蒙、鲁西、鲁北、鲁中、鲁南的民间歌谣极具区域色彩,需要我们进一步收集、整理研究。

6. 淮河流域地区

淮河流域地区民间歌谣的研究不多,地域集中在黄山、凤阳两地。其选题主要是保护、创新与流变研究。代表性学术论文有:《徽州民间歌谣的保护与创新》(汪恭艳、程音娟,2015);《徽州歌谣研究》(逯慧,2012);《追溯凤阳民歌流变》(安琦,2017)。

淮河流域是中华文明的发祥地之一。根据考古发现,早在旧石器时代,淮河流域就有人类活动。目前已经发现的远古时代的文化遗址,达100多处。我国的孔孟儒家学说,墨家学派,韩非、李斯的法家学派,都在淮河流域创立。淮河文化,跨河南、安徽、江苏三省,与齐鲁文化、楚荆文化、吴越文化并立且互相渗透。新石器时代文化遗址遍布淮河流域,河南新郑裴李岗遗址器物距今8000多年,比黄河流域仰韶文化早1000多年。蚌埠的怀远县,是禹文化的产生地。鉴于此,淮河流域的民间歌谣值得我们从人类学与文学等视角继续研究。

7. 吴越地区

吴越地区民间歌谣的研究地域集中在嘉定、杭州两地。选题主要是收集整理和文化人类学研究。其研究偏少,只有专著三部:《越地民间歌谣研究》(王敏红,2013);《嘉定民间歌谣选》(周关东、沈云娟,2017);《杭州运河歌谣》(朱秋枫,2013)。

吴越文化有其鲜明的标志形式,先秦典籍多有记载:舟楫、农耕、印纹硬陶、土墩墓、悬棺葬等。从河姆渡文化、良渚文化一路走来,历经数千年的风雨同舟,吴越文化风采依旧,值得我们以民间歌谣为媒介,继续挖掘吴越的历史文化内涵。

8. 荆湘地区

荆湘地区民间歌谣的研究地域集中在荆楚、黄石、湘西、道州和南漳。其主要选题有收集整理、传承与发展、生命主题、修辞研究、语言文化特征。代表专著两部:《武汉民间歌谣》(朱建颂,2015)、《红安革命歌谣研究》(桑俊,2009)。代表性学术论文有:《论荆楚民间歌谣》(陈建宪,2013);《民间歌谣传承与发展的民俗学——兼以湘西苗歌为例》(林春菲,2013);《湘西土家族民间歌谣生命主题研究》(朱吉军,2012);《黄石民间歌谣修辞初探》(罗建军,2006);《土家歌谣语言文化特征研究》(覃亚敏,2010);《道州歌谣研究》(陈军,2013);《南漳民间歌谣研究》(周莉,2011)。

有学者认为历史上荆湘地区是中国古代的又一个文明中心,也有学者认为它是黄河文明中心扩散后的又一个中心。无论该区域与黄河流域文化有何关系,人们都承认其在文化的各个层面上都具有自己的特色。尤其是春秋战国时期的楚文化对后来域内文化发展有着重要的影响。在戏剧方面,除了发展较为成熟的汉剧、楚剧、花鼓戏、采茶戏等外,民间的歌舞艺术形式也比较丰富。我们可以从歌谣介入,从物质文化和精神文化的双重角度审视荆湘文化的发展轨迹,挖掘这笔重要的精神遗产。

9. 闽南地区

闽南地区民间歌谣的研究地域集中在德化和闽台闽南地区。其研究主题围绕文化内涵、艺术特色、审美文化解析、历史学研究四方面。代表性学术论文:《德化民间歌谣析论》(连涵芬、连文通,2015);《闽台民间闽南语歌谣的文化内涵及艺术特色》(苏莉,2017);《潮汕歌谣的审美文化解析》(欧俊勇,2010);《赣南、闽西客家歌谣的现代化历史进程》(王予霞,2002)。

闽南方言是全国八大方言之一。域内民谣、童谣极富地方特色,同样值得我们从地方方言等视角做进一步的深入研究。

10. 岭南地区

岭南文化具有多元、务实、开放、兼容、创新等特点,采中原之精粹,纳四海之新风,在中华大文化之林独树一帜。岭南地区民间歌谣的研究地域集中在潮汕、玉林、南沙三地,主要选题有评注、审美文化解析、传承发展研究、地域文化四方面。专著一部:《海丰歌谣全本评注》(魏伟新,2017)。代表性学术论文:《潮汕歌谣的审美文化解析》(欧俊勇,2010);《玉林民间歌谣研究》(梁琼妮,2012);《广西苗族歌谣研究——以融水苗族歌谣为中心》(陈日红,2014);《新时代背景下广西壮族民歌的传承与发展》(赵琳,2009);《南沙歌谣研究》(罗苑,2010)。

11. 巴蜀地区

巴蜀地区民间歌谣的研究选题主要有收集整理、生命意识、传承发展三方面。现出版专著一部:《四川民间儿童歌谣集成》(王万洪,肖砚凌,2015)。代表性学术论文:《巴蜀民歌的生命意识研究》(张小平,2016);《羌族民间歌谣的传承模式与教育选择》(韩云洁,2015)。

巴蜀文化具有很强的辐射能力,除与中原、楚、秦文化相互渗透影响外,主要表现在对滇黔夜郎文化和昆明夷、南诏文化的辐射,还远达东南半岛地区,在金属器、墓葬形式等方面对东南亚产生了深刻久远的影响。目前,巴蜀歌谣研究成果不多,有待进一步发掘。

12. 台湾海峡两岸

台湾海峡两岸民间歌谣的研究地域集中在泉州、崇武、台湾三地。选题集中在分类与考析、文化价值与现实意义、比较研究三方面。专著三部:《泉州歌谣》(林华东,福建人民出版社,2006);《畲族卷——民间歌谣》(张忠发,2016);《歌谣撷玉》(王志健,1995)。代表性学术论文:《崇武民间歌谣考析》(张诗意、李寄萍,2011);《千丝万缕 血肉相连——台湾民间歌谣与中华民族文化》(薛家太,1997)。

13. **少数民族地区**

少数民族地区民间歌谣的研究集中在蒙古、新疆、宁夏、云南、贵州、西藏六处。研究方向为生命意识、生态意识、汉译研究、民俗学价值、比较研究以及教学研究。专著两部:《云南民族民间歌谣与民族死亡观研究——永恒的歌唱》(陈艳萍,云南大学出版社,2010);《贵州民间歌谣概论》(何积全,中央民族大学出版社,2013)。代表性学术论文:《蒙古族民间歌谣中的生态意识》(那仁巴特,2005);《维吾尔民间童谣的汉译研究》(马健,2017);《维吾尔歌谣的民俗学价值》(何欣,2014);《主题、韵律、传承——傣族与壮族民间歌谣比较》(李斯颖,2017);《回族民间儿童歌谣与回族传统社会伦理秩序研究——以宁夏回族民间儿童歌谣为例》(邹慧萍,2016);《原生态歌谣修辞研究——以云南诸民族歌谣为例》(苏义生,2013);《民谣语文教学资源化——以丽水地区民谣为例》(张智静,2015);《新时期的藏族民间歌谣研究综述》(李雄飞,1998)。

14. **其他研究**

还有一些民间歌谣研究不能以地域文化分类。其主要研究方向有分类整理、文化自信、理论研究、历史学研究、社会功能以及幼儿教育等方面。主要专著有:《歌谣论集》(钟敬文,上海文艺出版社,1992);《中国民歌概论》(李映明,华中师范大学出版社,1992);《歌谣学概要》(赵晓兰,电子科技大学出版社,1993);《中国民歌概述》(刘金荣,云南民族出版社,1998);《花儿:丝绸之路上的民间歌谣》(杨晓丽,商务印书馆,2001);《汉族民歌概论》(江明惇,上海音乐出版社,2004);《民间歌谣全集》(朱雨尊,上海三联出版社,2014);《中国民间歌谣经典》(孙正国,华中师范大学出版社,2014);《中国民歌研究》(胡怀琛,商务印书馆,2016)等。代表性学术论文有:《中国古代歌谣理论概观》(曾大兴,1993);《民间歌谣助推少儿树立文化自信》(朱芹勤,2017);《百年(1900—2007)中国古代歌谣研究述略》(闫雪莹,2008);《在幼儿园艺术教育中运用民间歌谣的价值、原则及方式》(张卫民、刘贺佳、李岩,2010)。

(三)研究结论

三十年来,民间歌谣研究热度不减,研究主题不断拓宽,研究方法日趋多样。总结起来有以下四点:

1. **收集整理、文化意蕴、语言学研究方向等是研究的主要理路**

无论专著还是学术论文,主要集中在对民间歌谣收集整理基础上的文化内涵解读、语言学相关研究等方面。美学、艺术风格、比较研究、教育学等方面的研究视角尚待丰富。

2. **特色地域、族群研究突出**

特色地域、族群是民间歌谣研究的主要对象。燕赵、荆湘地区以及彝族、客家、壮族、纳西族、侗族、傣族等少数民族地区的民间歌谣的研究较多。关东、中原、齐鲁、巴蜀等文化底蕴深厚的地区相对研究较少,有待进一步深入研究。

3. 综合理论研究热度不减

从20世纪90年代至今,民间歌谣的概论、概要、历史梳理研究一直受到学者们关注。

4.21世纪以来民谣研究热情高涨,水平较高

我们梳理了知网被引次数在15次以上的民间歌谣的期刊论文,共计18篇,如:范秀娟的博士论文《黑衣壮民歌的审美人类学研究》(2006-05-05)被引35次,刘晓春发表在《新东方》的《当下民谣的意识形态》(2002-05-30)被引34次……高被引的论文均为2000年后发表的论文。其中,2006年~2009年期间的歌谣高被引研究较多,共计10篇,选题主要集中在历史学、教育学领域,同时涉及艺术特征、地域歌谣等方面的研究。可见,进入21世纪以来,我国民间歌谣的研究上升到了更高的水平。

(四)未来契机

近三十年,我国民间歌谣的研究视角主要为收集整理、传承发展、地域习俗、语言文化特征等,这为未来我们的研究提供了重要思路。

(1)民间歌谣的研究要继续选取地域文化典型、突出的地域进行研究,尤其是目前研究薄弱的关东、中原、齐鲁、巴蜀等地区要加强研究。

(2)在收集整理的同时更要注重传承发展和特色地域文化的深入挖掘。

(3)民间歌谣在美学、艺术风格、比较研究、教学研究、传承创新等方面的研究需要我们在前辈们研究的基础上"接着讲"。尤其是艺术风格方面的研究要全面:如表意结构(意象选取、修辞方法)、语言风格(方言运用、修辞风格、节奏韵律、篇章结构、句式结构)、审美情趣(风格特色、情感特色)等。

(4)研究方法方面,坚持田野研究与文本研究相结合,定性与定量相结合,研究"活态"的民间歌谣。

二、近年国内整体研究现状及趋势

就我国民间歌谣目前的研究情况看,关于南方民间歌谣的研究较多,关于北方地区的研究较少。专门研究黄河口民间歌谣的尚且没有,目前在人大复印资料数据库和知网上搜集到的文献结果为零。鉴于此,黄河口民间歌谣的研究需借鉴国内外其他国家、地区、民族民间歌谣的研究成果。截止到2018年2月,我们统计了中国知网上收录的2025条民间歌谣的文献研究资料。根据统计结果,表1-2与图1-1中可以较为清晰地梳理出近年我国民间歌谣研究的整体现状及发展趋势,以及新时期我国民间歌谣的选题现状及趋势。

表1-2 近年民间歌谣文献年份统计表(单位:篇)

年份	2008	2009	2010	2011	2012	2013	2014	2015	2016	2017
篇数	73	82	107	115	108	123	128	118	148	155

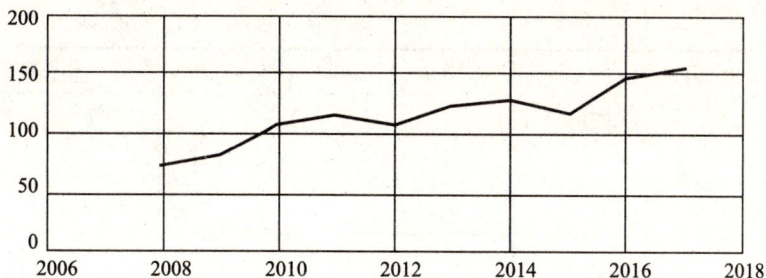

图 1-1 近年民间歌谣文献的年度分布曲线图（单位：篇）

由表 1-2 和图 1-1 可以看出：近年来，我国民间歌谣研究热度不减，基本呈稳定上升的发展趋势。

三、山东民间歌谣研究现状及发展趋势

截止到 2018 年 2 月，我们收集了关于山东民间歌谣的专著和知网上收录的相关文献研究资料。选取典型专著和代表性论文，我们绘制了山东民间歌谣研究情况一览表（如表 1-3 所示）。

表 1-3 山东民间歌谣研究情况一览表（合计 20 项）

区域	研究主题	专著	代表性学术论文
齐鲁总览	历史渊源、 分布及特点、 文化交流、 语言艺术（句式、章法、篇法、衬字、格律） 传承、传播与创新、 比较研究 方言、 音乐学		武鹰．山东民间歌谣简论，1994. 苗晶．山东民歌与外省民歌的交流，1982. 齐津锋．山东民歌在山东地区传承的现状及对策，2014. 王桂芹．移民文化传播与民歌传承变异——山东民歌与东北民歌之比较研究，2008. 蔡小艳．关于方言对山东民歌旋律的影响分析，2007. 杨瑞．浅谈山东民歌中的方言及演唱风格； 商曼．从山东民歌中看语言对其曲调的影响（硕士论文），2013. 徐平．方言与民歌刍议，2004. 张士闪．山东传统民歌中儒学文化的渗透与影响，1997.
鲁南	歌谣整理	沙朝佩．鲁南民间歌谣精选，2002.	
枣庄	语言学研究		孙丽莎．枣庄民间歌谣语言研究（硕士论文），2015.

区域	研究主题	专著	代表性学术论文
济宁	音乐学、传承与发展		刘晓平．孟子故里民歌研究（硕士论文），2011. 孙萍．济宁民歌的传承发展研究，2017
临沂	音乐学、传承与发展		王洪娜．临沂民歌风格特征与传承（硕士论文），2011. 乔贞伟．山东临沂民歌的探索与发展（硕士论文），2012. 李月婷．山东临沂民歌的音乐风格研究——以《沂蒙山小调》与《绣荷包》为例（硕士论文），2015. 陈鹏．山东民歌《沂蒙山小调》的艺术特色与演唱分析，2017.
菏泽	传承与发展		开万贺．浅谈山东民歌《包楞调》的传承及发展，2017.
临淄	音乐学		刘丹．临淄民歌的艺术特色研究（硕士论文），2015. 张小月．淄博小调的特征及其影响（硕士论文），2013.
潍坊	音乐学		陈磊．潍坊民歌的演唱风格探究，2013.

由表1-3可以看出：新时期，山东民间歌谣研究数量不多，主要集中在鲁南地区，音乐学角度的研究较为多见，区域特色歌谣的整理、语言艺术、传承与发展方面的研究较少。值得一提的是武鹰老师在1994年发表在《齐鲁学刊》的论文《山东民间歌谣简论》，从"历史渊源、分布及特点、语言艺术（句式、章法、篇法、衬字、格律）"等角度综合研究山东民间歌谣的概况。该论文给我们提供了研究山东民间歌谣的思路和范式，但遗憾的是未做深入、细致的展开研究。另外，武老师的论文在山东民间歌谣的美学、传承与保护、比较研究等方面没有涉及。这些都为黄河口民间歌谣的整理与研究提供了重要的研究视角。

山东民间歌谣广泛流传，数量大，品种多，有着独特的地方特点和色彩，民间歌谣的研究自是不能落伍。位于鲁西北黄河入海口的黄河口民间歌谣极具区域色彩，地域文化特色鲜明，而目前，黄河口民间歌谣的学术研究仍处于空白阶段，需要我们在之前学者的研究基础上，参照国内其他地域民间歌谣的研究成果做进一步的研究。

第二章
黄河口民间歌谣的类型

　　民间歌谣是劳动人民口头创作的一种文学艺术形式,其在劳动大众中产生、发展和传播,像一面镜子反映了人们日常生活的各个方面。从古到今,从日常生活到生产劳动,民间歌谣表达着各地人们的爱恨情仇与喜怒哀乐。民间歌谣用它悠久的历史,旺盛的生命力,广泛的内容以及多样的形式为我们展现了独具特色的艺术魅力。

第一节　民间歌谣的类型

　　1923年周作人在《歌谣》一文中,将民歌分为情歌、生活歌、滑稽歌、叙事歌、仪式歌、儿歌六大类。这一分类法概括简明而且全面,在发表时产生了很大的影响,被很多人采用。

　　《中国歌谣》一书中,朱自清将民间歌谣列了十五种分类标准:音乐、实质、形式、风格、作法、母题、语言、韵脚、歌者、地域、时代、职业、民族、人数、效用。例如:按时代可分为尧时谣、周时谣、秦时谣、汉时谣等;按歌唱者职业可分为田歌、秧歌、樵歌、渔歌、船歌、牧歌、采茶歌等。朱自清又介绍了 Kidson 的民歌分类法和 Witham 的叙事歌分类法。最后列举民歌的其他分类法,把民歌分为情歌、生活歌、滑稽歌、叙事歌、仪式歌、儿歌六类。

　　当下,学界对民间歌谣的分类主要是从内容和形式两个角度进行划分:

一、从思想内容角度的分类

　　从思想内容的角度,可将民歌分为情歌、生活歌、劳动歌、仪式歌、时政歌、儿歌六大类。

1. 情歌

　　情歌是反映民众爱情生活的民歌。民歌中,情歌最优美,最有艺术性,数量也最多。例如,黄河口民谣中的《看妹》是表现恋爱羞涩的情歌,《小俩口拜年》是表现婚姻幸福的情歌,《盼郎归》是表现离别思念的情歌。

2. 生活歌

生活歌是反映民众日常生活的民歌。有的表现各行各业社会生活,有的反映家庭生活,还有的感叹妇女的苦难生活,等等。例如,《垦荒歌》反映的是黄河口地区垦荒的艰难;《小女婿》体现的是当时黄河口域内童养媳的痛苦生活。

3. 劳动歌

劳动歌是民众为了指挥、配合、协助体力劳动而唱的歌,通常用于动作重复单调或者体力负荷繁重的集体劳动。劳动歌有两个特点:一是歌词中一般有很多的协调劳动节奏的呼喊声,以在内容上配合劳动过程。二是在唱法上,曲调通常有明显的节奏,在干重体力活时音调十分高亢,接近于呐喊。例如黄河口民谣中的《打桩号子》。

4. 仪式歌

仪式是民众在某些特殊情形下,举行的具有法术、通神、转折、过渡等功能的程序化的隆重活动。仪式歌是民众在祈福禳灾、过节贺喜、祭神送葬、迎宾做客等仪式活动中所唱的歌谣。在仪式中有一些特定象征意义或文化功能的程序化行为,这时念诵或演唱的套语、歌谣就是具有特定功能的仪式歌。仪式歌又可以分为法术歌、节令歌、礼俗歌三种类型。

(1)法术歌。法术歌是在巫术或祭神仪式上唱诵的被民众认为具有超自然魔力的歌谣。从我们收集整理的情况来看,黄河口民谣中的法术歌几乎没有,只有一首《天皇皇》:"天皇皇,地皇皇,我家有个夜哭郎,过路君子念三遍,一觉睡到大天亮。"这首歌谣通常针对于幼童夜啼,不能入睡的状况而吟唱的。

(2)节令歌。节令歌是在与节令有关的节庆仪式活动中所唱诵的歌谣。此类民歌同很多民间文学的作品一样,都经过了由神圣向世俗,由娱神到娱人的习俗化过程,许多活动的法术色彩已经逐渐淡化,演变为节日里举行的一般习俗行为或文艺行动,有的甚至和舞蹈或游艺相结合。例如:黄河口民谣中的《辞灶歌》是腊月二十三送灶神的节日习俗,《叫明歌》是除夕家家户户请财神的节日习俗。

(3)礼俗歌。礼俗歌是在婚礼、祝寿、待客、送葬等隆重场合唱诵的表示祝福、礼节等意义的歌谣。例如黄河口民谣中的《结婚喜酒歌》是婚礼中的新娘给新郎端酒、吃鱼、吃藕礼俗的歌唱。而《选穴地歌》《给纸马开光谣》《开丧歌》等歌谣反映了黄河口地区的丧葬礼俗。

5. 时政歌

时政歌是民众从自己的观察和切身感受出发,通过歌谣的形式,对所处时代的政治事件、政治人物、社会局势、社会风气等发出的评论和议论。时政歌有赞美和讽刺两方面的内容,但评论时事的民谣以讽刺为主。时政歌往往反映真实、产生及时、传播迅速、观点鲜明、讽刺尖锐。例如黄河口民谣中的《老百姓离不开共产党》《天上有颗北斗星》

是歌颂共产党的时政歌,《别再去缠足》《妈妈娘你好糊涂》是批判封建制度的时政歌。

6. 儿歌

儿歌是人们依据儿童的生理和心理特点,以及理解能力和生活经验,以简洁生动、富有节奏的语言创作的,长期流传于儿童群体之中的口头短歌。儿歌通常有两个特点:一是内容浅显、形象、单纯,与儿童的思维和心理特点相适应。二是多三字短句,读来顺口,适合儿童的发音习惯。

从内容方面,儿歌可分为五类:

(1)摇篮曲。摇篮曲又称催眠曲、抚育歌、母歌,是母亲、奶奶或外婆等长辈在幼儿入睡时哼唱的歌。例如黄河口民谣中的《催眠歌》就是长辈哄孩子入睡时吟诵的摇篮曲。

(2)游戏歌。游戏歌是儿童游戏时唱的,内容配合游戏过程的童谣。例如黄河口民谣中的《盘脚年》就是小朋友们围坐在一起玩游戏时的一种游戏童谣。

(3)教诲歌。教诲歌是大人以童谣的形式教给小孩各种知识、做人规范等的歌谣。这种儿歌不仅有助于儿童增长知识、引导他们养成正确的生活或学习习惯,而且也是文化传承的一种重要渠道。例如黄河口民谣中的《小蜜蜂》就很好地教导儿童"从小学好真本领,长大为国立大功"。

(4)谶谣。谶谣是儿童传唱的对政治人物的命运、政治事件的走向、社会局势等进行评价和预言的,带有神秘色彩的歌谣。例如,东汉末年,京师出现的童谣:"千里草,何青青,十日卜,不得生。"暗指董卓将亡的命运。

(5)随感谣。随感谣指的是记载人们在生活中的各种经验和感受的童谣。这类童谣包括了以上四类不能包括的各种内容的童谣。

二、从表现形式角度的分类

依据句式、章法、韵律、唱法等表现形式方面的特点,可以将民间歌谣分为山歌和小调两类。

1. 山歌

山歌指民众在山野间劳动、集会、社交等活动中所唱的音调高亢悠长、形式比较自由的歌谣。各种样式的山歌大都有一定的章法、句式、韵律、格调等套路。但是歌词可以根据现场情况和感受进行即兴创作,音乐节奏较为自由,句式、章法等也可以灵活调整,便于感情的抒发和群体的社交。山歌主要流传在中国长江以南的地区,以独唱形式居多,也有一些对唱,句式多以七字句为多,或以七字句为基础加以变化。

有代表性的山歌样式主要有以下几种。

(1)花儿。花儿是以爱情为主要内容的山歌。主要流传在甘肃、青海、宁夏部分地区,由回、汉、东乡、撒拉、保安等族民众用汉语歌唱。当地把男女情事称为"花事""缠花""花案",把女情人称为"花儿"。

"花儿"作为民歌名称最早出现在清代甘肃临洮诗人吴镇的《我忆临洮好十首》："花儿饶比兴，番女亦风流。"花儿分为两大流派：河湟花儿和洮岷花儿。

河湟花儿：也叫做"临夏花儿"，当地人也称其为"少年"。通常是四句一首，每句七字，每句在节奏上分三顿。前两句为引言，后两句直抒胸臆。例如："黄河沿上的水白菜，一天赶一天嫩了。尕妹妹患的相思病，一天赶一天重了……"

洮岷花儿：主要流传在甘肃的临洮和岷县。通常是三句一首的单套子和六句一首的双套子，每句七字、三顿。例如："你像园里大丽花，折到我的柜上插，看见花儿忘不下。"又如："想哩想哩实想哩，想得眼泪常淌哩，眼泪打转双轮磨，淌得眼麻心儿破，肠子想成丝线了，心花想成豆瓣了。"

（2）爬山歌。是流传在内蒙古和晋陕北部的一种山歌，当地称之为"爬山调"或"山曲"。通常每句以七字为基础，可以增减。每首只有两行，有时把多首连在一起，组成一个诗篇，表达更为丰富的意思。著名的《走西口》就是爬山歌的代表作。

（3）信天游。也称顺天游，流传的地域与爬山歌接近，是陕北地区流传的山歌。信天游形式上与爬山歌相近，也是七字句居多，两句一首，可以多首联唱。曲调与爬山歌不同，代表作为《蓝花花》。

（4）打歌。也叫做"踏歌"或者"跳歌"，是西南地区白族、彝族、苗族等民族流传的一种民歌。打歌主要是在西南地区的结婚等喜庆场合演唱，虽然在各地有不同的叫法，但是基本都有"跳着唱"的意思。

2. 小调

小调是多在街巷中演唱的、曲调与词句较为固定的民间小曲。小调通常以五七言为主，流传通常有一定的传授关系，常常有歌本同时行世。例如：《凤阳花鼓》是安徽小调。

第二节　黄河口民间歌谣的类型

黄河是中华民族的摇篮，是人类文明的重要发祥地之一。东营，坐落于山东省北部的黄河三角洲，内控黄河、外濒渤海，是华东沿海地域文化特色鲜明的一个地区。自大汶口文化中期至今，已有5500年的历史，形成了地域特色鲜明的黄河口文化。五千多年来，生存在这片土地上的劳动人民以他们的勤劳勇敢和聪明才智，在与自然和社会的斗争中创造和积累丰富深厚的文化成就，形成了地域特色鲜明的河海文化带。这一文化带承载了东夷齐文化、渔盐文化、移民文化、治黄文化、石油文化等丰厚的历史文化以及内涵丰富的地域民俗文化。祖祖辈辈生长在黄河口入海处的黄河口人，用民间歌谣的形式表述了劳动人民全部的生活经验和社会历史经验。黄河口民间歌谣作为一种民间文学体裁，承载着黄河口特色的文化内涵，承载了历代民众对当地沧桑变迁、历史人文的各种记忆和美好向往的真切期盼。

目前，我们搜集的黄河口民间歌谣著作有三本：东营史志办公室编辑的《岁月如歌——东营老民谣》（2018）、东营市文联编辑的《东营民谚民谣》（2002）以及董泽民编辑的《黄河口的传说·垦利民间文学集成》（1988）。其中，《岁月如歌——东营老民谣》一共收录黄河口民谣310首，《东营民间民谣》一共收录黄河口歌谣147首，《黄河口的传说·垦利民间文学集成》一共收录黄河口歌谣26首。整合现有的三本专著，结合网络资源与实地调研，几番筛选，我们最终选定了447首黄河口民间歌谣集作为研究对象。

从黄河口民间歌谣的实际出发，我们将收集的447首黄河口民间歌谣，从主题内容的角度分劳动歌（44首）、时政歌（114首）、生活歌（44首）、仪式歌（40首）、情歌（49首）、劝世歌（9首）、诙谐歌（9首）、历史传说歌（16首）、儿歌（122首）九个小类。各类具体情况详见附录五：黄河口民间歌谣分类一览表。

第三章
黄河口民间歌谣的思想内容

第一节　积极进取的劳动歌

民间歌谣中,劳动歌产生的最早。这是一种由体力劳动直接激发起来的民间歌谣,它伴随着劳动节奏歌唱,与劳动动作相配合,具有协调动作、指挥劳动、鼓动情绪等特殊功能。鲁迅先生说过,我们不会说话的祖先原始人,在共同操劳得特别吃力的时候,懂得唱唱歌谣,以减轻肌肉的疲乏,鼓舞工作的热忱,集中注意力。因此,劳动歌伴随着劳动而产生,广义的劳动歌就是指劳动过程中唱的歌或是配合劳动而唱的歌;狭义的劳动歌则专指号子。我们探讨的黄河口民间歌谣的劳动歌是广义的,共计44首,内容包括各种号子、农业劳动、手工劳动、商业劳动等。

一、以《治黄硪号》为代表,反映百姓改造自然的冲天干劲

号子是人民群众在劳动过程中创作的民间歌曲,主要用于集体协作性较强的劳动,以统一指挥、协调步伐、调节呼吸、鼓舞精神、提高效率。[①] 因此,号子是集动作、力量与曲调三位一体的民歌。黄河口的号子更是具备了人民与大自然斗争创造美好生活的劳动美。

早期黄河流域自然环境恶劣,旱涝灾害频繁,生活在黄河口流域的民众必须与大自然做斗争。黄河口人民在与黄河的斗争中渐渐产生了《治黄硪号》:

（领）1.一根（那）木桩（嗨　哟号 嗨哟嗨）（合）（嗨 嗨　嗨 嗨　嗨嗨嗨嗨 嗨），

　　　2.扛起（那）铁锤（嗨　哟号 嗨哟嗨），　　（嗨 嗨　嗨 嗨　嗨嗨嗨嗨 嗨），

　　　3.不顾（那）黄河（嗨　哟号 嗨哟嗨），　　（嗨 嗨　嗨 嗨　嗨嗨嗨嗨 嗨），

（领）1.力量（那）单（哟号 嗨哟号 嗨哟 嗨哟号）（合）（嗨 嗨　嗨 嗨　嗨嗨嗨嗨 嗨）。

　　　2.拴紧（那）绳（哟号 嗨哟号 嗨哟号），　　（嗨 嗨　嗨 嗨　嗨嗨嗨嗨 嗨）。

　　　3.波浪（那）涌（哟号 嗨哟号 嗨哟号）,（嗨 嗨　嗨 嗨　嗨嗨嗨嗨 嗨）。

（领）1.千根（那）万根（嗨　哟号 嗨哟嗨）（合）　（嗨 嗨　嗨 嗨　嗨嗨嗨嗨 嗨），

① 东营市史志办公室 . 岁月如歌——东营老民谣［M］. 北京:方志出版社,2018:1.

2. 放下(那)柳枕(嗨 哟号 嗨哟嗨),   (嗨 嗨 嗨 嗨 嗨嗨嗨嗨 嗨),

3. 人多(那)力大(嗨 哟号 嗨哟嗨),   (嗨 嗨 嗨 嗨 嗨嗨嗨嗨 嗨),

(领)1. 铁石(那)坚(哟号 嗨哟号嗨 哟 嗨哟嗨)(合)(嗨 嗨 嗨 嗨嗨嗨 嗨 嗨)。

2. 加石(那)工(哟号 嗨哟号嗨 哟 嗨哟嗨),(嗨 嗨 嗨 嗨 嗨嗨嗨 嗨 嗨)。

3. 能战(那)胜(哟号 嗨哟号嗨 哟 嗨哟嗨),(嗨 嗨 嗨 嗨 嗨嗨嗨嗨 嗨)。①

再如《黄河打蓬号》:

(领)哟——打蓬嚓!   (合)哟嚓!

(领)哟——打蓬嚓!   (合)哟嚓!

(领)哟嚓嚓——   (合)哟嚓、哟嚓、哟嚓、哟嚓!②

这首打蓬号就是黄河口民众在防洪筑坝中歌唱的,歌词重叠却显示着磅礴的气势,刚劲有力的语言与劳动者坚定的步伐一致,它是人民的劳动美与智慧美的完美结合。

还有一类垦荒歌,体现了黄河口人民在与艰苦的自然环境斗争中的艰难过程。黄河营造了东营这片不断生长的新淤地,吸引了一代又一代拓荒人。他们用青春乃至生命,为这片土地注入了生机和活力。从明代山西洪洞大槐树和河北枣强移民,到清代招民垦荒,再到民国"功劳兵"屯垦……,构成了黄河口境内绵绵不断的移民垦殖史。四面八方汇聚来的移民,不仅唤醒了黄河口这片沉睡的土地,也不断带来并创造着新的文化元素,垦荒类的民谣就是直接的体现。例如《垦荒歌》,反映的是新中国成立前河口地区垦荒者的生活环境:

走的是宽宽道,

听的是鸭兰子叫口。

吃的是黄蓿菜,

喝的是牛马尿。③

二、以《夯号》为代表,反映人民日常劳动的热火朝天

打夯,是指在建住宅时,用石头等硬物以人力方式对地基夯实,防止房屋建造后因墙底松软导致墙体塌陷或裂纹的一种重体力劳动。操作时,需要把一块石头的两边用一长一短木棒绑牢,石头四周根据人的多少绑上绳子。打夯以五六人居多,一人手扶夯把,其余人一起拉绳子、松绳子,使夯上下浮动,进而将地面砸实。打夯是建房子的基础,是保证房子稳定牢固的必要条件。而在没有大机器作业生产的时代,五六个人共同打夯,对打夯人的力量有非常高的要求。为了凝聚力量,就产生了领头人和众人配合动作的语言节奏——夯号。例如黄河口民谣中的《夯号》:

---

① 东营市史志办公室. 岁月如歌——东营老民谣 [M]. 北京:方志出版社,2018:7.

② 东营市史志办公室. 岁月如歌——东营老民谣 [M]. 北京:方志出版社,2018:7.

③ 空旷的洼地里没有路。鸭兰子是黄河口一带的一种鸟。黄蓿菜是生长在盐碱地里的一种野菜。垦荒者与牲口同饮一个水塘的水。

（一）

（领）架起来！　　　　（合）嗨！

（领）嗨号！　　　　　（合）嗨扬！

（领）嗨呀来呀！　　　（合）嗨扬！

（领）大家伙们，　　　（合）嗨！

（领）齐使劲！　　　　（合）嗨扬！

（领）嘿呀来呀，　　　（合）嗨！

（领）嘿呦来呀，　　　（合）嗨！

（领）得儿呦，　　　　（合）嗨扬！

（领）嗨呦来呀！　　　（合）嗨扬！

（二）

（领）大家齐使劲啊！　　（合）哎嗨！

（领）咱们来打夯啊！　　（合）哼哼！

（领）夯打结实呦么！　　（合）呦儿呦吧！

（领）才能建好房啊！　　（合）哼哼！　①

在夯号中，简洁短促的语言，高度浓缩了打夯中架、抬、放一系列的动作，打夯人的力量美也就此表达的淋漓尽致，而每一句歌谣都是对劳动人民力量的激励与鼓舞。

三、以《十二月里月月忙》为代表，反映人民农耕生产的经验

中国种植文化悠久，而黄河口的种植文化便是中国种植文化的一个缩影。黄河流域是人类的发源地，处于亚洲东部季风带，适合发展种植业，是农耕文明的物质基础。黄河口作为黄河的入海口，又有黄河水，水源充足；从黄土高原带来了泥沙，在入海口处堆积，土壤肥沃；形成的冲积扇，耕种面积大、且地势平坦，为种植业的发展奠定了基础。黄河口的种植文化就是人们在劳动过程中经过时间的积累获得种植的经验。歌谣作为载体通过口口相传的方式，将种植文化代代传承。例如《锄谷谣》将锄谷的种植经验以歌谣的方式口传心授：

众父老，听我言，咱把锄谷谈一谈。

立了夏，要打算，准备小锄把苗剜。

往年粗作留大墩，这个种法不合算。

十几棵来一大墩，两墩相隔半尺远。

距离远，费地方，苗子也就莠不全。

地里上的粪又少，马马虎虎锄几遍。

粗作虽然省了工，打的粮食少若干。

今年精耕要细作，切莫马虎和简单。

---

① 东营市史志办公室．岁月如歌——东营老民谣［M］．北京：方志出版社，2018：2.

半尺距离留小墩,四五棵来一二三。

窗户棂子单梁排,一溜拉拉苗不断。

苗根草稞剜个净,叫那庄稼长得欢。

剜好苗,头遍完,再换大锄锄一遍。

大锄铺垫胜培土,细土流满两垄眼。

这时苗小要浅锄,免得埋苗或掀盘。

麦前趁空先划粪,紧接深锄两三遍。

谈到这里就算完,割了麦子咱再谈。[①]

而《种棉花》就反映了黄河口农民如何种植棉花以及种植棉花的不易:

棉花种,灰里拌,

耩在地里锄八遍。

桃子长得圆又圆,

开的棉花似白莲,

左手拾,右手填,

棉花包袱填得满。

一包一包背回家,

送进弓房弹一弹。

弹好棉花搓布几,

搓的布几两头尖。

嗡啊嗡啊纺成线,

再用篗子缠一缠。

牵机的娘们两头走,

刷机的娘们里头站。

织成布,换成钱,

籴来小米捞干饭。[②]

5500年前的新石器时代,东营域内就出现了人类生活的足迹,到夏商时期,东营市域南部逐渐形成较多的民众聚落,成为文明发达的地区之一。长期的农耕生活使黄河口百姓积累了丰富的生产经验,在与大自然的不断地抗争中,他们总结出了很多生产经验与自然界的规律,表现在歌谣中,如《十二月里月月忙》:

正月里来正月正,

集体生产大变工。

男女老少先送粪,

倒的倒来平的平。

---

① 东营市史志办公室.岁月如歌——东营老民谣[M].北京:方志出版社,2018:94.

② 东营市史志办公室.岁月如歌——东营老民谣[M].北京:方志出版社,2018:93.

二月里来草芽青，
合伙养牛把地耕。
集体生产力量大，
独牛也能顶九工。

三月里来三月三，
家家户户都种棉。
多种棉花多纺织，
保证穿衣不困难。

四月里来四月八，
大家一起把苗挖。
动手先锄高粱糁，
最后接着薅谷芽。

五月里来小麦熟，
大人小孩都下手。
割的割来收的收，
运到场上拉碌碡。

六月里来入了伏，
大门小户把棉锄，
待到摘棉运家去，
银山垛在家门口。

七月里来秋风凉，
五谷杂粮都上场。
秋耕秋种得抓紧，
按时把节把麦耩。

八月里来八月八，
坡里棉花白茫茫。
扎上兜篓伏下身，
拾回家来好纺织。

九月里来九重阳，
工农青妇还是忙。

大家一齐下手干，
柴满院来谷满仓。

十月里来喜洋洋，
男女老少把学上。
学了文化懂道理，
帮助抗战理应当。

十一月里天气寒，
民兵天天把武练。
练好武艺长本领，
保证反攻不困难。

十二月来正一年，
优待抗属莫等闲。
拥军工作抓上手，
打走鬼子捉汉奸。①

还有一些黄河口的民间歌谣展示了劳动人民为了多收粮食而做出的努力，也从侧面反映了劳动人民生活的不易与艰辛。例如《拾粪谣》：

公鸡叫，天放亮，
背着粪筐出了庄。
冒着风雪和寒霜，
庄里庄外走几趟。
大道小道走几遭，
回家就是一筐粪。
勤上坡，懒赶集，
出门粪筐被背肩上。
一冬多拾几车粪，
明年多打几车粮。②

1978 年 12 月，中国共产党召开了十一届三中全会。这是新中国成立以来，在历史上具有深远意义的转折性会议，它完成了党的思想路线、政治路线和组织路线的拨乱反正，是改革开放的开端，从此中国历史进入社会主义现代化建设的新时期，全国各地到处是新气象、新面貌。对此，黄河口民间歌谣进行了热烈歌颂，如《责任制》等歌谣歌颂了十一届三中全会后土地承包到户，人民农业生产有依靠的好日子：

---

① 东营市史志办公室. 岁月如歌——东营老民谣 [M]. 北京：方志出版社，2018：72.
② 东营市史志办公室. 岁月如歌——东营老民谣 [M]. 北京：方志出版社，2018：84.

责任制,真是行,
用到哪里哪里灵。
责任制,到了户,
人人都是队干部。
包到户,联了产,
又治穷来又治懒。
责任制,到了田,
人人成了技术员。
大包干,办法强,
年年创出高产量。
小囤满,大囤淌,
从此不吃供应粮。①

四、以《纺线谣》为代表,反映手工劳动的辛劳

中国是农业大国,以前大多都是小农经济,人民过着自给自足的生活,而中国的妇女们拥有一双巧手,从事着手工劳动以满足家庭生活的需要。农民家庭从事手工业生产,通常是作为种植业的补充。农民进行的收工生产不是出于商品生产的目的,他们偶尔将一部分产品投放市场,目的是为了换取他们自己不能制作的生产或生活用品。

黄河口民众的手工劳动有着独特的特征:不仅满足家庭生活所需,更体现了黄河口民众的爱国情怀和支援前线的情怀。这些手工劳动歌谣既体现了为家人做贡献的价值,也体现了为社会做贡献的价值。例如《纺棉花》:

早纺纱,晚纺纱,
织布全靠纺棉花。
咱们抗日根据地,
不要买洋纱!

大姐二嫂王大妈,
咱们都要爱国家。
纺棉花,纺棉花,
二流子女人不像话。

早织布,晚纺纱,
妇女生产贡献大。
军民穿衣咱纺织,
不要买洋纱!

——————————
① 东营市史志办公室.岁月如歌——东营老民谣 [M].北京:方志出版社,2018:96.

24

> 自力更生有办法，
> 生产模范人人夸。
> 人人夸，人人夸，
> 纺织英雄顶呱呱。[①]

又如《纺线谣》不仅反映了黄河口妇女们进行手工纺织满足家庭日常生活的需要，也体现了她们的辛勤与爱心：

> 五更月儿圆，
> 响起了纺车声。
> 原来是王大姐，
> 月下开夜工。
> 有月借光亮，
> 无月点炷香。
> 插在纺车旁，
> 照到天大亮。
> 从早纺到晚，
> 从来不偷懒。
> 冬学下课后，
> 急忙坐车边。
> 左手摇轮密密转，
> 右手拉线永不断。
> 两手不停闲，
> 线穗快缠满。
> 没到三个月，
> 四十斤都纺完。
> 崭新的北海票，
> 挣了九百三。
> 妹妹穿花袄，
> 爸爸买毡帽。
> 捐出了十八元，
> 救灾不算少。
> 好一个王大姐，
> 美名传四方。
> 学习王大姐，
> 生产做榜样。[②]

---

① 东营市史志办公室. 岁月如歌——东营老民谣［M］. 北京: 方志出版社, 2018: 68.
② 东营市史志办公室. 岁月如歌——东营老民谣［M］. 北京: 方志出版社, 2018: 70.

五、以《淋皮硝》为代表,多种生产发家致富

改革开放使广大农民群众的生活欣欣向荣,他们鼓足干劲,多种经营,努力发家致富,如《卖豆腐(二首)》《淋皮硝》。

淋皮硝

金买卖,银买卖,
不如在家搬土块。
过去熬土硝,
现在土硝不好销。
不如改个样,
来淋皮硝好。
皮硝价贵销路大,
赚钱籴粮吃不了。[①]

中华人民共和国成立后,人民当家做主,身心获得了解放,百姓生活发生了天翻地覆的变化。这一时期,很多黄河口民间歌谣反映了新社会里百姓发家致富,过上了幸福的好日子,如《贺车歌》《致富谣(四首)》《机们进了家》等。

机们进了家

劳动致富把家发,
"机们"个个进了家。
电视机、录音机、洗衣机,
还有一辆"雅马哈"。
耕地用上悬耕犁,
浇地用上抽水机,
耩地用上播种机,
它的动力是拖拉机。
运送东西用机器,
农用汽车三轮子。[②]

第二节　见证历史的时政歌

时政歌反映的是历史进程中社会发生的事件和产生的人物,表达的是人民群众的政治评论,是历史的见证。时政歌有褒有贬,往往以讽刺批评的作品居多。

由于时政类歌谣与历史的进程密切相关,黄河口民间歌谣的时政歌分为参军抗日、

---

① 东营市史志办公室. 岁月如歌——东营老民谣 [M]. 北京:方志出版社,2018:92.
② 东营市史志办公室. 岁月如歌——东营老民谣 [M]. 北京:方志出版社,2018:100.

颂扬共产党、反对封建恶俗、讽刺世事、歌颂新社会五类,共计 144 首。

一、以《杯茶敬亲人》为代表,积极参军抗日

日军的侵略,给中国百姓的生产、生活造成了极大的破坏,人民的生活动荡不安、度日维艰。深重的苦难,激起了黄河口人民参军抗日热情,此类歌谣共计 37 首。例如《杯茶敬亲人》:

咱们老百姓,
义务担在身,
热血小青年,
参加八路军呀。
双手捧起茶呀,
敬亲人哪,
感谢你们,
送我去参军哪。
第一杯茶呀,
敬爹娘啊,
我去当兵,
你们别担心呀。
第二杯茶呀,
敬哥嫂哇,
我去当兵,
在家多操心哪。
第三杯茶呀,
敬妹妹啊,
我去当兵,
你赔嫂嫂睡呀。
第四杯茶呀,
敬我妻呀,
我去当兵,
在家莫哭啼呀。
第五杯茶呀,
敬乡亲啊,
我去当兵,
家里拜托您啦。①

---

① 东营市史志办公室. 岁月如歌——东营老民谣 [M]. 北京:方志出版社,2018:93.

二、以《天上有颗北斗星》为代表,颂扬共产党

中国共产党领导的抗日反蒋斗争得到了广大人民群众的拥护和支持,黄河口有不少歌谣歌颂共产党的领导。例如《天上有颗北斗星》:

> 天上有颗北斗星,
> 地上有个毛泽东,
> 他领导中国共产党,
> 坐镇重要的陕甘宁。
> 老百姓人人有眼睛,
> 谁孬谁好看得清,
> 打鬼子才是英雄汉,
> 不打鬼子是孬种。①

三、以《自主婚姻》为代表,反对封建恶俗

黄河口民歌的时政歌中有 8 首反封建的歌谣,内容以反对封建婚姻、妇女裹足为主。例如《自主婚姻》是反封建婚姻的典型代表:

> 叫声姐妹们,大家来讨论。
> 成亲大事情,自己要主婚。
> 爹娘来做主,自己不遂心。
> 不管聋和哑,残疾占一身。
> 逼得跳了湾,还把毒药吞。
> 一九四〇年,来了八路军,
> 婚姻要自主,全靠咱个人。
> 对象自己相,中意又称心。
> 过上好日子,别忘八路军。②

四、以《如虎狼》为代表,褒贬世事

民国时期,除了日军的侵略,中国人民还饱受腐败无能的国民党反动派的迫害,表现在时政歌谣中主要有两类:一类是对日军侵略的痛诉与斗争,另一类是对国民党反动派的不满与反抗。

(一)痛诉日军侵略

黄河口民间歌谣中的有的歌谣控诉了日军侵略给中国人民造成的深重苦难,如《日本鬼》表达了对日本军国主义的仇恨:

---

① 东营市史志办公室. 岁月如歌——东营老民谣 [M]. 北京:方志出版社,2018:138.
② 东营市史志办公室. 岁月如歌——东营老民谣 [M]. 北京:方志出版社,2018:31.

日本鬼,喝凉水儿,

打了罐,赊了本儿。

坐火车,翻了滚儿,

坐汽车,轧断腿儿,

坐轮船,沉了底儿,

坐飞机,漫天黑儿,

摔成泥,变成鬼儿。

打中国,伸了腿儿。[①]

抗战时期百姓的生活是痛苦的,深重的苦难激起了人民的反抗,在黄河口流传着一首首抗日歌。这些抗日歌,充满着黄河口人民坚定不移的斗志和豪迈的抗日情怀,读来让人荡气回肠。如《一根钢条五尺长》《抗日沟是战场》《青抗先歌》:

一根钢条五尺长

一根钢条五尺长,

送给八路造颗枪。

钢枪造得明又亮,

打得鬼子回东洋,

打得鬼子回东洋,

打得鬼子回东洋。[②]

抗日沟是战场

抗日沟里是战场,

民兵手里拿着枪,

如若鬼子来扫荡,

叫他一命见阎王。[③]

青抗先歌

青抗先来青抗先,

打鬼子来捉汉奸。

反扫荡,保平安,

抗日救国最为先。[④]

此类歌谣反映了日本的侵略给当地人民造成的深重苦难,充满了对日本军国主义的仇恨。

---

① 东营市史志办公室.岁月如歌——东营老民谣 [M].北京:方志出版社,2018:335.

② 东营市史志办公室.岁月如歌——东营老民谣 [M].北京:方志出版社,2018:303.

③ 东营市史志办公室.岁月如歌——东营老民谣 [M].北京:方志出版社,2018:303.

④ 东营市史志办公室.岁月如歌——东营老民谣 [M].北京:方志出版社,2018:304.

（二）反对国民党统治

国民政府时期，中国人民饱受腐败无能的国民党反动派的迫害，表现在歌谣中，如《如虎狼》《遭灾殃》《缴了枪》等。这些歌谣主要内容为歌颂共产党领导的革命斗争，痛斥国民党反动派的腐败黑暗，揭示了其统治下的一片黑暗，当官的吃香喝辣、发财享福，农民百姓却生活艰难、举步维艰。如《如虎狼》：

> 中央军，如虎狼，
> 敲诈人，真凶狂，
> 吃和穿，数他强。
> 美式袜子，美式鞋，
> 穿着美式黄军装，
> 美式大炮美式枪。
> 吃洋面，喝肉汤，
> 打起仗着了慌。
> 奸淫烧杀赛虎狼，
> 向着百姓开了枪，
> 黎民百姓遭了殃。
> 遇着我们野战军，
> 一个一个缴了枪，
> 叫这坏蛋见阎王。①

（三）颂扬新社会

黄河口时政歌谣褒贬色彩强烈，时代特色鲜明，表现手法多样，充分体现了时政歌的历史性特点和社会功能，具有非常重要的研究价值。《东营之有》《俺到家前迎姐姐》《你说识字多么好》等歌谣充满了对新时代生活的颂扬：

俺到家前迎姐姐

> 豌豆花，红咧咧，俺到家前迎姐姐。
> 姐姐穿着一身红，俺说姐姐真光荣。
> 俺问姐家几口人，姐说共有人六口。
> 有公公，有婆婆，还有小弟小妹妹。
> 俺小弟，儿童团，俺小妹，识字班。
> 俺婆婆，会纺线，俺公公，大生产。
> 俺丈夫，在前线，英勇杀敌冲在前。
> 立功喜报往家传，幸福的日子在眼前。②

改革开放后，社会上的一些不正之风也越演越烈，对此黄河口民间歌谣进行了辛辣

---

① 董泽民．黄河口的传说•垦利民间文学集成 [M]．东营：东营出版社，1988：120-121.
② 东营市史志办公室．岁月如歌——东营老民谣 [M]．北京：方志出版社，2018：157.

的讽刺和鞭挞,有很好的警醒作用。如《歪戴着帽》《留分头》。

歪戴着帽

歪戴着帽,趿拉着鞋,
一看就不是个正经孩。①

留分头

留分头,不戴帽,
镶金牙,自来笑,
穿皮鞋,走刚道,②
戴手表,挽一鞘。③

纵观近代与现当代黄河口民间歌谣中的时政歌,就像展开了一部黄河口社会发展简史。歌谣从不同角度、不同层面深刻反映,深度展现每个历史时期。这些时政歌对真、善、美热烈歌颂、赞美;对假、丑、恶无情讽刺、鞭笞。可以说黄河口地区的时政歌是人民群众谱写的历史,表达的是人民群众的心声,体现的是最真实的历史。

第三节　多彩写实的生活歌

黄河口的生活歌不但数量多,而且涉及的内容更为丰富,真实地记录了黄河口人们的日常生活,全面地反映了黄河口的人情世态和价值观念。尤其是一些旧时黄河口民歌,细致深入地描写了下层百姓的生活状况,揭示了当时的社会矛盾,具有深刻的社会意义和研究价值。

黄河口的生活歌主要有以下四个方面的内容。

一、反映旧时黄河口百姓困苦不堪的生活境况

历史上的黄河口虽凭借渔盐和商业一度十分繁华,但元、明、清以来,尤其在清末之后,外寇入侵,黄河口百姓的生活十分困苦,生活在社会下层的广大劳苦大众更是衣食难全,连基本的生存也难以得到保障。例如《宫家决口》,反映了黄河口劳苦大众的艰难生活:

---

① 东营市史志办公室．岁月如歌——东营老民谣［M］．北京:方志出版社,2018:54.
② 刚道:方言,指路面硬实的道路。
③ 挽一鞘:方言,指挽袖子。

民国十一年，
利津遭大难。
开了宫家口①，
淹了三个县②。
男的去扎口，
女的去讨饭，
全家人四打蓬散。③

黄河口这类"苦歌"不少，有的虽无"苦"字，内容却字字皆"苦"，如《高利贷》：

恶霸地主真贪财，
年年放债把民害，
利上加利驴打滚，
反对这样高利贷。④

这些"苦歌"，是昔日黄河口人民不幸生活的写真，也是今日黄河口人民幸福生活的生动比照，具有深刻的教育意义。

在这类歌谣中，还有一部分是以"童养媳歌"为代表的反映黄河口妇女不幸生活和悲惨命运的歌谣。例如《小白菜泪汪汪》：

小白菜，泪汪汪，
从小没了爹和娘。
童养媳，苦难讲，
就怕逼着去拜堂。
半夜里，秋风凉，
望着月亮哭断肠。
小白菜，泪汪汪，
苦水比那溪水长。⑤

底层妇女中最可悲的是童养媳和寡妇。童养媳由婆家养育贫穷人家的女婴、幼女，待到成年再与儿子正式结婚。旧时，童养媳在我国比较流行，原因是当时社会贫穷落后，许多老百姓家境贫寒，娶不起儿媳妇，他们就抱养个童养媳，待长到十四五岁，就让她同儿子"圆房"。也有的人家家里缺少人手，养个童养媳权作奴婢，待长大后与儿子成亲。

这种畸形的婚配在旧时的黄河口比较常见。童养媳在没有亲情的家庭里地位低下，小小年纪要承担繁重的各种劳作，还要受尽公婆的打骂、丈夫的欺负，常常食不果腹，衣不暖体，其身心受到极大摧残。

---

① 宫家口：今黄河利津县宫家段。
② 三个县：指利津、沾化、滨县。
③ 东营市史志办公室．岁月如歌——东营老民谣［M］．北京：方志出版社，2018：26．
④ 东营市史志办公室．岁月如歌——东营老民谣［M］．北京：方志出版社，2018：23．
⑤ 东营市史志办公室．岁月如歌——东营老民谣［M］．北京：方志出版社，2018：40．

除了童养媳,寡妇也是这类歌谣吟咏的主要对象。例如《寡妇梦》:

> 进屋里,黑清洞,
> 打着火,点着灯。
> 空空房,无动静,
> 看看床上冷清清。
> 灯看我,我看灯,
> 看着看着唤出声。
> 鸳鸯枕头一人枕,
> 绣花被子一人瞪。
> 蜷蜷腿,冷冰冰,
> 伸伸腿,四下里空。
> 天将放亮打个盹,
> 梦见丈夫回家中。
> 丈夫进门叫连声,
> 我与丈夫又相逢。
> 不由心中一阵喜,
> 伸手去抱一场空。[1]

封建社会中,寡妇历来被认为不祥之人,甚至人们认为是她们克死了自己的丈夫,往往避而远之。寡妇的命运大多十分表惨,可悲的是,封建礼教下,旧时的妇女并不敢反抗,有的甚至以能坚持守寡为荣。

二、展现黄河口百姓的日常生活

生活歌是对百姓日常生活的观照,在其中我们能找回那些逝去的时光,如《辣疙瘩》:

> 腰里揣个辣疙瘩,
> 进城洗澡又理发,
> 回家还剩一角八。[2]

又如《会友歌》向我们展示了好友相聚的美好场景:

> 桃叶尖,杏叶圆,
> 我想好友大半年。
> 路远难捎问安的信,
> 山高水长见面难。
> 今夜做了个很好的梦,
> 梦见好友来看俺。

---

[1] 东营市史志办公室. 岁月如歌——东营老民谣 [M]. 北京:方志出版社,2018:40.
[2] 东营市史志办公室. 岁月如歌——东营老民谣 [M]. 北京:方志出版社,2018:100.

没梳头，没洗脸，
接友来到大门前。
手拉手，肩并肩，
说着话儿到里边。
咱们不讲家乡的事，
咱们说说云门山。
山上的事儿没说完，
鸡叫一声明了天。[①]

三、反映黄河口社会的人情世态

黄河口社会的各种人情世态，在歌谣中都有生动的展现，例如《小槐树》体现的是嫂子的浮薄：

小槐树，槐树槐，
槐树底下搭戏台。
人家的闺女都来了，
俺那闺女还没来。
说着说着来到了，
娘看见，接包袱。
爷看见，接娃娃，
嫂子看见一扭拉。
嫂啊嫂，不用扭，
不吃恁那饭，
不喝恁那酒，
当天来到当天走。
有爹有娘多来趟，
没爹没娘断路长。[②]

又如《婆婆送来一枝花》体现的是婆媳的关系：

花喜鹊，叫喳喳，
婆婆送来一枝花。
啥花？枣花，
一枪打了个老鸹儿。
你抻着，我杀杀，
你吃肉，我喝汤，
搞着骨头喂巴巴儿。

---

① 东营市史志办公室．岁月如歌——东营老民谣［M］．北京：方志出版社，2018：48.
② 东营市史志办公室．岁月如歌——东营老民谣［M］．北京：方志出版社，2018：44.

巴巴儿吃了做啥?

扒土盖屋垒墙儿。

垒得高了,老鸹叼了,

盖得矮了,老鸹踩了。

不高又不矮,

老鸹捞不着。①

第四节　黄河口风情的仪式歌

黄河口民间歌谣的仪式歌谣共 40 首,分四类:节令歌(12 首)、婚嫁礼俗歌(11 首)、日常礼俗歌(8 首)、丧葬礼俗歌(9 首)。

一、节令歌

节令歌谣是在与节令有关的节庆仪式活动中所唱诵的歌谣。节令歌谣中体现了很多的节令习俗,在歌谣的传诵中,习俗也一代一代传承下来。如《过小年》中体现的辞灶与置办鞭炮、新衣、新帽的习俗:

辞了灶,

年来到,

闺女要花儿要炮。

老婆要个大皮袄,

老头要顶新毡帽。②

过年之后就是正月十五元宵节,如《正月里闹花灯》:

正月里,正月正,

正月十五闹花灯。

爷爷指给孙子说,

奶奶讲给孙女听。

北面挂的雪里蕻,

南天门上穆桂英。

东方水里开莲花,

西游记里有孙悟空。

走来观去天已亮,

说来说去太阳升。③

---

① 东营市史志办公室.岁月如歌——东营老民谣 [M].北京:方志出版社,2018:47.

② 东营市史志办公室.岁月如歌——东营老民谣 [M].北京:方志出版社,2018:54.

③ 东营市史志办公室.岁月如歌——东营老民谣 [M].北京:方志出版社,2018:56.

随后的二月二《龙抬头儿》、三月里来《看春天》等，都反映了劳动人民对节日的期待与祝福。其中节日歌谣中还有一类特殊的歌谣，那便是气候歌谣，气候歌谣是劳动人民根据一年四季、十二月、二十四节气，结合人类生产生活经验总结而成的，如《四季歌》：

> 清明高粱谷，
> 芒种三日见麦茬。
> 白露早，寒露迟，
> 秋分麦子正宜时。
> 腊七腊八，
> 冻死叫花。[1]

《四季歌》对后辈种植提供了经验支持与节气指导，把农历中的二十四节气中的清明、芒种、白露、寒露纳入歌中，既协调了劳动中的动作，又说明了在具体的某一个节气之中应该干什么农活，可以说是农事活动安排的歌谣。

二、婚嫁礼俗歌

结婚是人生的大喜事，举行婚礼时的仪式歌当然充满喜气与祝福，黄河口这一类仪式歌很多，从《婚呈》到《嫁妆谣》《要陪送》到《结婚填枕头》《绵铺盖歌》再到《郊天歌》《拜天地》《结婚喜酒歌》……从这些婚嫁歌谣中，我们能直观地了解到当地的婚嫁习俗。例如《婚呈》中直接展示了男方相女方送日子时的礼俗：

> 选择佳期要细评。
> 腊月八日正合堂。
> 新人开脸前一日，
> 面向正南大吉祥。
> 伴陪女客忌三相：
> 子亥戌外用皆良。
> 穿衣坐帐上下轿，
> 喜神志在正东方。
> 长命富贵，金玉满堂。
> 山河永固，福禄安康。[2]

又如《绵铺盖歌》生动形象地体现了娶亲前铺床的每处细节：

> 姑娘绵被十手绵，
> 太太请那全人[3]绵。
> 全人兴工撕三把，

---

① 东营市史志办公室. 岁月如歌——东营老民谣 [M]. 北京：方志出版社，2018：61.
② 东营市文联. 东营民谚民谣 [M]. 北京：中国文联出版社，2002：188.
③ 指长辈父母健在，本人夫妻双全（必须是原配夫妻），平辈兄、弟、姐、妹都有，晚辈有儿有女之人。

雪花白绒摁成毡。

绵得绵,绵得全,

四个角上有银钱。

棉被棉褥做起来,

叠巴叠巴摞床前。

叠上金,叠上银,

叠上增福和财神。

叠上门里摇钱树,

叠上床前聚宝盆。

三日不扫床前地,

落得金银半尺深。

开开上房心欢喜,

姑娘是那有福的人。①

再如《郊天歌》每一句歌谣都暗含着对新人幸福婚姻的美好祝福:

进得门来心喜欢,

新人结婚来郊天。

亲朋好友都来到,

一年四季保平安。

保平安,真是强,

门前种上钻天杨。

杨树旁边梧桐树,

梧桐树上落凤凰。

金凤凰,银凤凰,

凤凰不离你的房。

凤凰不落无宝地,

一代更比一代强。

一代强,真不离②,

门前竖上状元旗。

状元旗上一朵花,

富贵荣华头一家。③

---

① 东营市史志办公室. 岁月如歌——东营老民谣 [M]. 北京:方志出版社,2018:116.

② 不离:方言,指很好的意思。

③ 东营市史志办公室. 岁月如歌——东营老民谣 [M]. 北京:方志出版社,2018:115.

三、日常礼俗歌

黄河口的日常礼俗歌分为三类：建房歌、生子歌、祝寿歌。这些礼俗歌不仅体现了黄河口特色风俗，也表现了人们对人生大事的祝福与良好的祝愿。例如，《祭宅歌》体现了人财两旺的美好祝愿：

> 这座古院起新房，
> 观音老母来上梁。
> 一梁上的沉香木，
> 二梁上的满屋香。
> 三梁上的全家好，
> 再把门窗安正当。
> 一张方桌摆当央，
> 放上筷子整十双。
> 宅神家仙都请到，
> 厨房以里请灶王。
> 朝南大门砖瓦盖，
> 一对旗杆列两旁。
> 旗杆顶上一枝花，
> 富贵荣华头一家。
> 赠俺金，赠俺银，
> 狮子驮钱进大门。
> 大囤满，小囤尖，
> 旮旮旯旯都是钱。
> 这位宅子就起科，
> 人财两旺儿女多。
> 这位宅子盖得强，
> 辈辈出个状元郎。①

又如《生子歌》表达了对新生命长命百岁与成长成才的期盼：

> 这家人家添人口，
> 麒麟送子下了凡。
> 送子娘娘进了府，
> 送的儿女比人富。
> 八天娘娘归山走，
> 拿着银钱压着手。
> 保佑小孩九十九，

---

① 东营市史志办公室．岁月如歌——东营老民谣 [M]．北京：方志出版社，2018：107．

大病小灾都没有。
长大上学很聪明,
一定是个大学生。
别的学校没有他,
不是北大是清华。
研究生,博士后,
学富五车才高八斗。
到国外,去深造,
世界知识都知道。
学成回来效国家,
一定忘不了爹和妈。
男的女的都样,
都是国家的好栋梁。①

再如《上寿歌》分四个小节祝寿,每一小节的最终落脚点依次为:福贵无比、金玉满堂、一品当朝、开门五福,表达了对老人的美好祝福:

大清一统锦山河,
听我唱块上寿歌。
八等神仙来上寿,
来到堂前把歌说。
头等神仙汉钟离,
胸前飘着白胡须。
手拿元令宝扇来,
上写四个大寿字:
"福贵无比"

二等神仙吕纯阳,
头戴道锦身穿黄,
肩上斜挎七星剑,
明晃晃地放金光,
上写四个大寿字:
"金玉满堂"

三等神仙张果老,
骑着神驴过赵洲桥,
雪白胡须赛银线,

① 东营市史志办公室. 岁月如歌——东营老民谣 [M]. 北京:方志出版社,2018:121.

怀抱玉鼓梆梆地敲，
上写四个大寿字：
"一品当朝"

四等神仙曹国舅，
身穿道袍蟠龙乡，
怀中抱着阴阳板，
上写四个大寿字：
"开门五福"①。

四、丧葬礼俗歌

各地的丧率歌都比较多，黄河口的丧葬歌谣也不少，从《选穴地歌》《给纸马开光谣》到《开丧歌》《送葬起身歌》《移灵谣》《打发起身》《落丧谣》，再到《圆坟歌》《扫坟谣》……这些丧葬歌谣，呈现两类特征：一是期盼死者"阴曹地府做仙翁"，二是希望死者能荫庇后人"辈辈只出状元郎"。例如《打发起身》《落丧谣》：

打发起身

跪一步，送一程，
一步一步往前行。
骑上高头马，
到了阴司城。
早住店，晚起程，
西方路，朝前行。
人活百岁也得走，
人人脱不过枉死城。
你在阳世多行善，
阴曹地府做仙翁。

落丧谣

一进墓田观四方，
只见墓田落凤凰，
凤凰不落无宝地，
辈辈只出状元郎。②

---

① 东营市文联．东营民谚民谣［M］．北京：中国文联出版社，2002：185．
② 东营市史志办公室．岁月如歌——东营老民谣［M］．北京：方志出版社，2018：125．

第五节　沧海桑田的历史传说歌

历史传说歌可分为历史故事歌和传说故事歌两类。历史故事歌是后人根据历史上的事迹编写的歌谣。传说故事歌以传说为基本特征，具有非真实性特点。

黄河口的历史传说歌很少，只有《中华略史》一则；传说故事歌则相对比较丰富，有15则。从歌谣形式上看，有《孟姜女送寒衣》《八仙》《韩湘子挂号》等适合长篇叙事的歌谣形式。从叙事方式上看，只有单一故事叙述类歌谣，如《韩湘子挂号》《谭香女哭瓜》《罗成算卦》等。多则故事合叙述类歌谣没有。从歌谣内容看，黄河口的历史传说歌有神话传说、民间传说、历史演义和戏曲故事等。

一、神话传说类的历史传说歌

神话传说类的历史传说歌以《八仙》《韩湘子挂号》为代表，想像瑰奇多彩、丰富奔放。如《八仙》：

> 正月里来是新年，
> 我向大家拜个年，
> 唱唱众八仙。
> 演唱水平低，
> 文化知识浅，
> 唱得不好请包涵，
> 咱们来唱一遍。
>
> 蓬莱阁上众八仙，
> 各显神通过海边，
> 汉钟离是第一位仙。
> 长着五缕胡，
> 八卦仙衣穿，
> 阴阳宝扇拿手间，
> 舍怀露胸前。
>
> 一月里来春风和，
> 张果老骑驴倒坐看，
> 嘴里唱着歌，
> 渔鼓斜背着，
> 逍遥又快乐。
> 赵州石桥骑驴过，
> 至今留蹄窝。

三月里来三月三，
何仙姑荷花扛在肩，
祥云冲上天。
听见渔鼓响，
心里好喜欢，
迈动金莲往前赶，
何仙姑也做了神仙。

四月里来好长天，
吕洞宾宝剑斜背在肩，
金花银玉把茶瑞。
一阵心发闷，
想起了白牡丹，
一心要度牡丹做神仙，
吕洞宾下了山。

五月里来五端阳，
蓝果和竹篮持在手碗上，
内里有药方。
百合百草药，
叶儿花儿香，
里头盛着劝人方，
良药苦口汤。

六月里来三伏天，
铁拐李的葫芦背在肩，
葫芦里有仙丹。
灵芝还魂草，
参芪四季安，
吃了仙丹也做神仙，
神仙归了山。

七月里来七月七，
韩湘子的笛子拿手里，
吹的是官尺字。
唱的是八宝山，

行走云雾里。
终南山上出了家,
二度林英妻。

八月里来月明圆,
来了国男大魁元。
度过大海关。
脚踏彩云板,
过海不犯难。
看破红尘不做官,
一心做神仙。①

二、民间传说类的历史传说歌

民间传说类的历史传说歌是由历史事件、历史人物及地方风物有关的故事组成的歌谣,给人以真实的感觉,以《孟姜女送寒衣》《十哭长城》为代表:

孟姜女送寒衣

正月里来正月正,
家家户户点红灯;
人家夫妻团圆日,
孟姜丈夫筑长城。

二月里来暖洋洋。
燕子双双绕画梁;
飞来飞去皆成对,
奴家夫妻不成双。

三月里来是清明,
家家户户祭坟茔;
人家祖坟飘白纸,
我家坟前冷清清。

四月里来养蚕忙,
孟姜提篮去采桑;
桑篮挂在桑枝上,

---

① 东营市史志办公室．岁月如歌——东营老民谣 [M]．北京:方志出版社,2018:228.

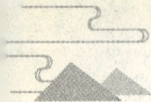

擦把眼泪摘把桑。

五月里来是端阳，
河里龙舟闹洋洋；
人家夫妻船上坐，
孟姜岸上哭断肠。

六月里来热难当，
蚊虫叮在奴身上；
宁可叮我千滴血，
莫叮丈夫万喜良。

七月里来秋风凉，
家家户户做衣裳；
人家都把新衣做，
孟姜破衣穿身上。

八月里来百草衰，
孤雁脚下带霜来；
俺同孤雁一样苦，
好好鸳鸯两分开。

九月里来菊花黄，
菊花造酒香满缸；
人家造酒夫妻饮，
孟姜造酒无人尝。

十月里来北风嚎，
芦花芦绡赛牛毛；
长城天气多寒冷，
我夫不死冷难熬。

冬月里来雪花放，
孟姜梦中会喜良；
千里只把寒衣送，
哪有我夫万喜良。

腊月里来过年忙，

家家户户宰猪羊；

人家都把猪羊宰，

孟姜守孝白满堂。①

三、历史演义类的历史传说歌

历史演义类历史传说歌以通俗之语演绎历史故事，并以此表明一定的政治思想、道德观念和美学理想。以《武松除恶》《拳打武辖》为代表：

拳打武辖

拳打武辖封玉洋，

昌邑潍县威名扬，

家住山东青州府，

乐安城北封家庄。

要问这是什么事，

听我从头说其详：

封家村北有大洼，

十二里以内无村庄。

这一年捻军被镇压，

封永贞下洼收高粱，

来到地头吓一跳，

见一路倒②躺道旁。

年纪约有四十岁，

浑身不动手脚凉。

摸了摸鼻子还有气，

把他救到种地屋子上。

烧开水，灌热汤，

不多时候还了阳。

请来大夫给看病，

汤药都是亲口尝。

半月之后身康复，

感谢救命胜爹娘。

只说姓孟沧州地，

什么原因都不讲。

秋收完了回家住，

---

① 东营市史志办公室. 岁月如歌——东营老民谣 [M]. 北京：方志出版社，2018：222.

② 路倒：方言，指大路上躺倒的死人。

一同回了封家庄。
来人说,
俺家乡人人都练武,
强身健体护村庄。
主人听说高了兴,
早有此意办这桩,
村边有块闲置地,
建三间地窖当学堂。
不叫学徒管师饭,
一切费用他出上。
收了十几个小青年,
封家从此有了武书房。

孟师傅未曾开练先讲德,
地攻拳开拳就打无花样,
惩恶扬善是正道,
最忌争强要疯狂。
遛腿架,先开张,
七十二把擒拿紧跟上,
刀枪剑戟拐子棍,
十八般武艺都练强。
师傅教了八年整,
年老体弱要回乡。
众徒弟送了一程又一程,
恋恋不舍情谊长。
永贞他赶着大车继续送,
三天送到黄河上。
感动得孟师眼含泪,
"唉"的一声坐道旁。
就说道:
平生所学还有手,
接骨拿环治红伤。
动武有时被人打,
有时又把人来伤,
有我在伤症我来治,
我走之后谁帮忙。
我把正骨教会你,

时刻揣摩不能忘。
从此传下了正骨术，
至今伤号都沾光。

孟师傅徒弟教了一批又一批，
高徒名叫封玉洋。
玉洋谨遵师教导，
除暴安良震四乡。
正月二十八花姐会，
若晴天今年棉花收成强。
四乡八村来赶庙会，
恶霸不到什么也不开张。
天到近午还不见面，
唱戏的只好晒太阳。
封王洋带领师兄弟，
去找首事做商量。
现在马上快开戏，
有事我们都整上。
首事吩咐开锣鼓，
晌午天，
这恶霸骑马慢慢悠悠到会上。
来到会上高声骂，
爷爷不到哪个大胆开了张。
玉洋和师兄弟们齐动手，
把恶霸一直赶出庄。
这恶霸今天丢了丑，
从此不来施强梁。
有一年，天大旱，
饥民四处去逃荒。
封玉洋到了潍县地，
老财主叫他办个武学堂。
武书房办了一个月，
惊动了当地英雄下过武科场。
这英雄把守过皇宫后牢门，
武辖的名字震四方。
这一天武辖来到武术馆，
以武会友拜访封玉洋。

寒喧几句开了打，
你来我往不相让。
打了几路普通拳，
旗鼓相当无弱强。
忽然间武辖使出了"连捂掌"，
封玉洋被打得两眼冒金光。
眼眼看看败了阵，
猛想起师傅教的那破阵方，
急速使了个"合抱锤"，
把武辖打倒地当阳。
玉洋抱拳说"承让"，
武辖爬起面无光。
开言便把师傅叫，
你的武艺比我强。
从今后昌邑潍县任你去，
潍河两岸使脚量。
要是有人比武术，
就说你比我武辖强。
我说这话你不信，
"拳打昌邑潍县，
脚踢潍河两岸"，
这话至今到处传扬。①

四、戏曲故事类的历史传说歌

戏曲故事类的历史传说歌以《赵美蓉赶考》为代表：

正月里来正月正，
女扮男装赵美蓉。
一去赶考二吊孝，
三去赶考求功名。

二月里来百草生，
嘱咐嫂嫂卢凤英。
你上南牢去送饭，

---

① 东营市史志办公室. 岁月如歌——东营老民谣 [M]. 北京：方志出版社，2018：256.

梳洗打扮要登程。

三月里来是清明，
埋怨爹爹老赵洪。
女婿打到南牢去，
偷偷走了赵美蓉。

四月里来养蚕忙，
满坡女孩恨天长。
急急火火走慌忙，
何时赶到东汴梁。

五月里来五端阳，
赵美蓉赶考在路上。
伸手采过一穗麦，
今年更比往年强。

六月里来三伏天，
赵美蓉赶考进东关。
进的东关四下看，
未见同窗和同年。

七月里来秋风凉，
脱鞋撒袜进考场。
赵美蓉她把考场进，
多么难为女红妆。

八月里来月明圆，
怀抱卷子往上传。
虽然卷子做得好，
不知哪家中状元。

九月里来九重阳，
午朝门前贴皇榜。
头名状元孙庆四，
二名榜眼孙继常。

> 十月里来十月一，
> 送信送到娘家里。
> 爹爹看见心生气，
> 哪阵臭风刮来的。
>
> 十一月里大半冬，
> 赵美蓉赶考还家中。
> 不知人马有多少，
> 鲁班桥上闹哄哄。
>
> 十二月来整一年，
> 赵美蓉赶考还家銮。
> 南牢提出孙庆四，
> 一家老少得团圆。[①]

总体来看，黄河口的传说故事歌情节丰富，故事性强，朴素明快，成为人们茶余饭后津津乐道的娱乐形式。

第六节　情真意切的情歌

古老的情歌是人们最真实、最纯朴的情感表现，是民间歌谣永恒的主旋律之一。千百年来，一首首爱情之歌绵延不断地在黄河口这片古老的土地上传唱，使这块土地愈发生动美好，愈发令人神往。黄河口民间歌谣中的情歌有少年青涩爱恋的欣喜，也有男欢女爱的甜蜜，还有离别相思愁绪的寄托。从主要内容的角度，黄河口情歌可以分为以下三个方面：爱恋甜蜜与相思、美满婚姻的幸福、相离相弃的怨情，共计49首。

一、恋爱情思的甜蜜

恋爱时，满是心动的羞涩，在黄河口民间歌谣中极尽描摹。含苞待放的爱情往往最是让人心动，最典型的是《看妹》。歌谣中，男方偷偷看心上人时的场景描写，字句中透露着爱情萌芽时的小心翼翼，甚至人物心理刻画的也是淋漓尽致：

看妹
黑天一更里，
小姐把灯提，
念书的人儿来在俺家里。
有心想上前把门儿叫，

---

① 东营市史志办公室. 岁月如歌——东营老民谣 [M]. 北京：方志出版社，2018：254.

外人看见可也是了不的。

走走再听听，
害怕不出声，
手扒着窗枢细观看分明。
只见小姐灯下坐，
十指尖尖的是花绒。

上下打量她，
小姐真可夸，
乌黑的头发红绳儿扎。
有心上前把门儿叫，
爹娘知道也不容她。①

有一部分恋爱情歌以诙谐的笔调表现男女之间爱慕对方时的有趣情状，表现男女之间的相慕、相思、相爱之情，如《何时才能见情郎》《打面箩》等。

何时才能见情郎

小纺车，嗡嗡响，
奴家在家纺线忙。
穗头大，心事长，
何时才能见情郎。②

打面箩

姐儿房中打面箩，
有位学生身后戳③，
吓得奴，一哆嗦。
小驴拉磨不住歇，
掞④不上麦子研坏了磨，
误了奴家打面箩。⑤

还有一部分恋爱情歌以直率的语句，表明了自己的心思。既有《正月里盼小妹》《看媳妇》等男士对媳妇的直率表白，又有《看情郎》似的女士对情郎心急如焚的思念与俏皮。

---

① 东营市文联．东营民谚民谣［M］．北京：中国文联出版社，2002：80.
② 东营市史志办公室．岁月如歌——东营老民谣［M］．北京：方志出版社，2018：165.
③ 戳：方言，站立的意思。
④ 掞：方言，舀的意思。
⑤ 东营市史志办公室．岁月如歌——东营老民谣［M］．北京：方志出版社，2018：165.

看媳妇

小巴狗,你看家,

我到南坡拾棉花。

大风刮我到丈人家。

大舅子拉,二舅子让,

一下让到炕头上。

东屋热酒,西屋烧茶,

窗口里头看见她:

黑头发,红网纲,

白白的脸上红云挂,

心里有话无法说,

等到明年俺娶她。①

看情郎

小奴今年刚十八,

郎哥捎信去看他,

手中无啥拿。

左手提上个大螃蟹,

右手拿上个弯子虾,

胳肢窝里夹上个大西瓜。

天上下雨地上滑,

出门跌了个仰八叉。

跑了螃蟹蹦了虾,

摔破胳肢窝里的大西瓜。

手扶尘埃忙爬起,

骂了声没福的小冤家。②

二、美满婚姻的幸福

与恋爱歌谣相比,表现美满婚姻的黄河口民间歌谣不多。从主题内容看,既有《小俩口拜年》《给你个日子过哩年》的小两口及娘家母亲间对话的俏皮场景;又有《两口子打仗不记仇》的夫妻生活吵架拌嘴的真实写照;还有《小妹与哥哥》的矢志不渝以及家庭与国家和民族的前途命运紧密相连的真情大爱。例如《小俩口拜年》:

小俩口拜年

过了初一到初三,

---

① 东营市文联. 东营民谚民谣 [M]. 北京:中国文联出版社,2002:80.

② 东营市史志办公室. 岁月如歌——东营老民谣 [M]. 北京:方志出版社,2018:166.

商商量量去拜年。
丈夫听话有道理，
槽头解下小毛驴。
丈夫备鞍门外等，
媳妇抬腿往上骑。
丈夫提鞭走得快，
毛驴紧跟并行齐。
一阵小跑赶得紧，
转眼来在漫洼里。
来在漫洼抬头看，
四下无人打嘻哩。
佳人脱口戏丈夫，
鳖羔子无孝礼。
如果有人看见咱，
就说外甥送二姨。
丈夫闻言把妻戏，
骂声贱人鳖羔子：
如果有人将咱问，
就说老爹送闺女。
夫妻砸牙走得急，
佳人忙把驴来下，
开门出来净亲戚。
七大姑来八大姨，
亲娘带着六婶子。
让的佳人落了座，
家人家忙酒席。
会切肉的大切肉，
会杀鸡的去杀鸡。
好酒好肴全办好，
待承闺女和女婿。[1]

又如《两口子打仗不记仇》：

天上下雨地下流，
小两口打仗不记仇。
白天吃着一锅饭，
晚上枕着一个枕头。[2]

---

① 东营市文联. 东营民谚民谣 [M]. 北京：中国文联出版社，2002：73.
② 东营市文联. 东营民谚民谣 [M]. 北京：中国文联出版社，2002：93.

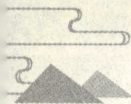

再如《小妹与哥哥》：

> 樱桃好吃树难栽，
> 小妹有话口难开。
> 三山六水一面坡，
> 哥哥有话对谁说。
>
> 想吃樱桃不怕难，
> 哥哥有话对妹谈：
> 天上牛郎配织女，
> 哥哥心中只有你。
>
> 自从哥哥去放羊，
> 小妹经常村头望，
> 你去参军放宽心。
> 小妹不是扬花人。
>
> 妹妹情深深似海，
> 哥哥心诚诚如山，
> 单愿打走日本鬼，
> 夫妻合力建家园。①

成熟的爱情果实是香甜的，《小妹与哥哥》这首歌谣中不仅有夫妻二人的海誓山盟、情真意切，也结合当时的政治背景，抒发了"单愿打走日本鬼，夫妻合力建家园"的家国情怀。将个人家庭恩爱与国家民族正义融为一体，是黄河口情歌的一大特色，此类歌谣还有很多，如《盼郎归》《十五回来把月赏》等。

三、相离相弃的怨情

黄河口民谣中，表现离别思念的既有男士盼小妹的《盼小妹》；又有女士盼情郎的《送情郎送到大门外》《送情郎》等。其中，前者少，后者多。例如《送情郎》体现了妹妹送情郎的难舍难分，送了一程又一程：

> 送郎送到大门外，
> 我问郎哥多咱来？②
> 要是近里不回家，
> 三日两头捎信来。

---

① 东营市文联. 东营民谚民谣 [M]. 北京：中国文联出版社，2002：108.
② 多咱来：方言，什么时候来的意思。

送郎送到大门北，
迎头碰上二大伯。
忙用汗巾遮羞脸，
管他大伯不大伯！

送郎送到大门东，
老天起了东北风。
刮风不如下雨好，
留郎多待几日行。

送郎送到大门南，
腰中摸出十块钱。
这五块来买车票，
这五块来做肋缠。

送郎送到大门西，
当归掖在郎怀里。
天塌地旋你别变心，
海枯石烂俺等着你。①

黄河口民谣中还有一类表达亡妻、亡夫之思的主题，如《小寡妇上坟》《守寡》《十二个月》《光棍哭五更》《光棍哭妻》等。此类歌谣用情深切，表达的对离世亲人的思念之情却总是不由自主地从心底涌出，读来令人哀惋凄绝，感慨万千。例如《小寡妇上坟》：

清明佳节雨纷纷，
奴家为夫去上坟。
左手拿着钱粮纸，
右手拿着金和银。

双腿迈动莲花步，
三步两步离了村，
抬头观看松树林，
上遮天，下遮坟。

石头供桌地当央，
香炉放在石桌上，
双膝跪地插好香，

① 东营市史志办公室. 岁月如歌——东营老民谣 [M]. 北京：方志出版社，2018：180.

未哭满面泪成行。

点上纸,冒青烟,
哭了声地,哭了声天,
哭我奴家命不好,
哭了声我的好夫男。

从前夫妻恩爱深,
如今阴阳分两方。
黄泉路上你不等,
撇下奴家哭断肠。

烧纸烧得地皮黑。
点酒点得土发黄。
去年清明郎还在,
今年奴家守空房。

郎啊郎,快尝尝,
奴家为你燎酒浆。
吃饱喝足收起钱,
阴曹地府保安康。①

第七节　童真无邪的儿歌

　　周作人先生在《儿歌之研究》中说:"儿歌者,儿童歌讴之词,古言童谣。"② 可见,儿歌是指在儿童中间长期流播、广泛传唱的一种韵语体式的口头短歌,具有句式简短,节奏明快,朗朗上口的特点。

　　按周作人先生所言,儿歌可分为"母歌"和"儿戏"两类。我们对黄河口儿歌的分类,主要以此为参照。

一、母歌

　　周作人先生在《儿歌之研究》中将"母歌"定义为:儿未能言,母与儿戏,歌以侑之。参照周作人先生对"母歌"的分类,我们把黄河口"母歌"分为抚儿之歌、体物之歌、人

---

① 东营市文联.东营民谚民谣[M].北京:中国文联出版社,2002:104.
② 钟叔河编.《周作人文类编》之《花煞》,长沙:湖南文艺出版社,1998:505.

事之歌三类。

（一）抚儿之歌

周作人先生对抚儿之歌的定义为：抚儿使睡之歌，以啴缓之音，作为歌词，反复重言，闻者身体舒懈，自然入睡。[①]黄河口民间歌谣的儿歌中有 3 首"抚儿使睡之歌"，都是母亲哄孩子入睡时哼唱的。如《月姥姥》：

月姥娘，笑哈哈，
爹织布，娘纺花。
买个烧饼哄娃娃。
爹一口，娘一口，
一咬咬着孩子手。
孩子孩子你别哭，
给你买个货郎鼓，
白天拿着玩，
晚上打犸虎。[②]

还有《催眠歌》《小孩睡觉》：

催眠歌

刮大风，拾棉花，
一下拾了个大甜瓜。
爹一口，娘一口，
一咬咬着娃娃手。
娃娃娃娃你别哭，
集上买个拨浪鼓，
拨浪鼓上俩小孩，
白夜黑夜和你玩，
看俺娃娃乖不乖。
乖不乖，乖不乖……[③]

小孩睡觉

狗来了，
猫来了，
吓得小孩睡着了。[④]

① 朱自清. 中国歌谣 [M]. 长春：吉林出版集团股份有限公司，2016：302.
② 东营市史志办公室. 岁月如歌——东营老民谣 [M]. 北京：方志出版社，2018：338.
③ 东营市文联. 东营民谚民谣 [M]. 北京：中国文联出版社，2002：151.
④ 东营市史志办公室. 岁月如歌——东营老民谣 [M]. 北京：方志出版社，2018：319.

（二）弄儿之歌

周作人先生对弄儿之歌的定义为：先就儿童本身，指点为歌，渐及于身外之物。为了进一步说明何谓弄儿之歌，他列举《孺子歌图》《越谚》等北京歌谣为例为例。如《越谚》："叉叉叉，叉到外婆家。外婆留吃茶。姊姆懒烧茶，茶钟茶匙别人家。水水水，水缸底里结莲花。"① 黄河口民间歌谣的儿歌中有2首"弄儿歌"——《蛤蟆从这里钻》《摸虫虫儿》。这两首儿歌是母亲以手弄儿童胳膊的亲子歌谣。

蛤蟆从这里钻

这里（手腕）是井，

这里（肘腕）是湾；

蛤蟆从这里（腋窝）

钻、钻、钻（挠）。②

摸虫虫儿

这汪儿（手心）青，

这汪儿（小臂）红；

这汪儿（大臂）攀梯子，

这汪儿（腋窝）摸虫虫儿。③

（三）体物之歌

周作人先生对体物之歌的定义为：率就天然物象，即兴赋情，如越之《鸠鸣燕语》《知了喳喳叫》《火萤虫夜红》。杭州亦有之，又云：火焰虫，的的飞；飞上来，飞下去。④ 我们可以这样理解体物之歌，这是成人就眼前实事直抒胸臆而写就的，教与儿童吟唱的歌谣。黄河口民间歌谣的儿歌中有34首体物之歌。例如《小老鼠上灯台》：

小老鼠，上灯台，

偷油吃，下不来；

叫他猫娘背下来，

一背背了个扑棱棱，

割了韭菜栽上葱。

今年雨水大，

漂了个葫芦架。

姑子来化缘，

这得给她啥？

---

① 朱自清. 中国歌谣 [M]. 长春:吉林出版集团股份有限公司,2016:302.

② 东营市史志办公室. 岁月如歌——东营老民谣 [M]. 北京:方志出版社,2018:323.

③ 东营市史志办公室. 岁月如歌——东营老民谣 [M]. 北京:方志出版社,2018:324.

④ 朱自清. 中国民间歌谣 [M]. 长春:吉林出版集团股份有限公司,2016:303.

> 擀白饼,捣辣蒜,
> 辣得姑子一头汗。①

又如《小老鼠娶媳妇儿》:

> 打花鼓,
> 抬花轿,
> 小老鼠娶媳妇儿真热闹。
> 挑开轿帘瞄一瞄,
> 啊!新娘是个大花猫。②

(四)人事之歌

周作人先生对人事之歌的定义为:原本世情而特多诡谲之趣。此类虽初为母歌,及儿童能言,渐亦歌之,则流为儿戏之歌。如越中之《喜子窠》《月亮弯弯》《山里果子联联串》是也。③黄河口民间歌谣的儿歌中有34首人事之歌,这些有趣的人事之歌生动活泼地展现了世间百态。例如《拾棉花茬》:

> 拾啊拾,拾棉花茬,
> 拾到天黑怪害怕。
> 背起包袱往家跑,
> 绊倒拾了个大元宝。
> 拿回家给媳妇看,
> 原来是块缸瓮沿。④

有些人事之歌,形象有趣地教诲儿童一定的人事之理。如《上学去》教导儿童学习要积极进取;《小蜜蜂》教导儿童热爱劳动,学好本领,报效祖国:

上学去

一二三,三二一,
爸爸领我去赶集。
买书包,买铅笔,
到了学校考第一。⑤

小蜜蜂

小蜜蜂嗡嗡嗡,
飞到西,飞到东,

---

① 东营市史志办公室. 岁月如歌——东营老民谣 [M]. 北京:方志出版社,2018:321.
② 东营市史志办公室. 岁月如歌——东营老民谣 [M]. 北京:方志出版社,2018:322.
③ 朱自清. 中国歌谣 [M]. 长春:吉林出版集团股份有限公司,2016:304.
④ 东营市史志办公室. 岁月如歌——东营老民谣 [M]. 北京:方志出版社,2018:335.
⑤ 东营市文联. 东营民谚民谣 [M]. 北京:中国文联出版社,2002:150.

从早到晚勤劳动，
采花酿蜜过好冬。
小朋友，学蜜蜂，
勤学习，爱劳动，
从小学好真本领，
从小学好真本领，
长大为国立大功。①

二、儿戏歌

"儿戏歌"以儿童为主体，是"儿童自戏自歌之词"。黄河口的"儿戏歌"非常丰富，有 43 首。参照周作人先生对"儿戏歌"的分类，我们把黄河口"儿戏歌"分为游戏歌（8首）、谜语（1 首）和叙事歌（34 首）三类。

（一）游戏歌

游戏是儿童的天性，儿歌中的游戏歌既可以训练儿童语言，又可以嬉戏玩耍，一举两得。黄河口民间歌谣的儿歌中有 8 首游戏歌，如《踢踢脚》《翻盖垫》：

踢踢脚

一踢脚，二踢脚，
压尤葫芦海棠果。
粗糠、细糠、点火、放枪。
金簸箩，银簸箩，
抬抬小脚俺过去。

翻盖垫

翻、翻、翻盖垫，
你那门上吊红钱。
俺那门上吊花钱，
不信不信翻过来看。②

（二）谜语

周作人有言：古所谓"隐"，断竹续竹之谣，殆为最古。……越中谜语之佳，如：一园竹，细簇簇；开白花，结连肉。（稻）③黄河口民间歌谣的儿歌中只有 1 首谜语《什么虫》，把常见虫类特征生动地表现出来，使儿童在吟唱中就可以认识这些虫类：

① 东营市文联. 东营民谚民谣 [M]. 北京：中国文联出版社，2002：163.
② 东营市史志办公室. 岁月如歌——东营老民谣 [M]. 北京：方志出版社，2018：341.
③ 朱自清. 中国歌谣 [M]. 长春：吉林出版集团股份有限公司，2016：306.

什么虫爬,什么虫跳?
什么虫月月换外套?
什么虫坐在树上唱?
什么虫蹲在草里叫?

蚂蚁爬,蟋蟀跳,
蚕儿月月换外套,
知了坐在树上唱,
蝈蝈蹲在草里叫。①

（三）叙事歌

周作人将儿歌的叙事歌分为根植于历史者、传说之歌、人事之歌三类。他认为"人事之歌,其数最多。举凡人世情事,大抵具有,特化为单纯,故于童心不相背戾。如婚姻之事,在儿童歌谣游戏中,数见不鲜,而词致朴直,妙在自然。如北京谣云:檐蝙蝠,穿花鞋;你是奶奶我是爷。"②的确,在儿童眼里,自然界及人间的一切事物都是新奇而别有一番色彩的,他们用不同于成人的视角来观察这个世界,展现这个世界的人情世故。他们的叙事歌充满了童真童趣,如《小公鸡上门楼》《小老鼠爬谷穗》:

小公鸡上门楼

小公鸡,上门楼,
姥娘在家抟其馏。
抟了多少?
抟了一窠罗③。
鸡蹬了,
猫拱了,
哭得姥姥眼肿了。④

小老鼠爬谷穗

小老鼠,爬谷穗,
掉下来,摔没了气。
大老鼠哭,小老鼠叫,
一帮蛤蟆来吊孝,

---

① 张金路. 黄河三角洲民俗文化 [M]. 济南:齐鲁书社,2013:286.
② 朱自清. 中国歌谣 [M]. 长春:吉林出版集团股份有限公司,2016:308.
③ 窠罗:方言,指灶膛。
④ 东营市史志办公室. 岁月如歌——东营老民谣 [M]. 北京:方志出版社,2018:320.

哼哈哼哈好热闹。①

在儿童的眼中,万物都充满了新奇充满了美好,这就是儿童的世界。在孩子的眼里,许多事物又都是具有人格色彩的,如《苇子湾里一只狼》:

> 苇子湾里一只狼,
>
> 挎着篮子看他娘。
>
> 他娘说,哟,俺那妮来了,
>
> 晌午给你杀鸡吃。
>
> 鸡说,俺腿短脖子长,
>
> 杀俺不如杀只羊。
>
> 羊说,俺四只蹄子向前扭,
>
> 杀俺不如杀只狗。
>
> 狗说,俺又看门又看家,
>
> 杀俺不如杀只鸭。
>
> 鸭说,俺水里泡来水里捞,
>
> 杀俺不如杀只猫。
>
> 猫说,老鼠见俺倒扒皮,
>
> 杀俺不如杀只驴。
>
> 驴说,俺拉磨来轰隆隆,
>
> 杀俺不如杀只猪。
>
> 猪说,你吃米来俺吃糠,
>
> 伸出脖子尽你杀。②

此歌谣用拟人的手法,表现了不同动物的特点和作用。的确,在儿童的眼里动物们都是他们的伙伴,他们哪个也舍不得"杀掉"。歌谣反映了儿童眼中的动物世界,他们的天真与善良让世界充满了美好的人情味。

儿童眼里的世界是新奇美好的,然而成人的各种世态也会在儿童心中留下阴影,如《小白菜》:

> 小白菜,芯中黄,
>
> 两三岁上没了娘。
>
> 陪着爹爹苦着过,
>
> 爹爹给我找后娘。
>
> 找了个后娘三年正,
>
> 生了个弟弟比我强。
>
> 弟弟吃面我吃糠,
>
> 弟弟吃肉我喝汤,

---

① 东营市史志办公室. 岁月如歌——东营老民谣 [M]. 北京:方志出版社,2018:321.

② 东营市史志办公室. 岁月如歌——东营老民谣 [M]. 北京:方志出版社,2018:340.

端起碗来泪汪汪。
后娘问俺为啥哭？
碗底儿热了烫地慌。
弟弟穿的绸和缎，
我穿粗布烂衣裳，
弟弟南学把书念，
我到坡里挎菜筐。
天过晌午回家转，
后娘说我是吊蛋榔。
有心待跟爹爹说，
有了后娘就有后爹，
铁打的心后随了斜。①

家历来是儿童心中的温暖的港湾，但歌谣中后娘的恶毒与偏心，使儿童看到了世界的另一面，他们心中的美好家庭的印象也破灭了。

---

① 东营市文联. 东营民谚民谣 [M]. 北京：中国文联出版社，2002：153.

第四章
齐文化在黄河口民间歌谣中的表征

　　"齐文化"可以从三个视角理解：齐地文化、齐人文化、齐国文化。把齐地文化和齐人文化作为一个文化体系来研究，可以通古贯今，展现齐文化的连续性与联贯性，弊端是二者边界不清而且意义模糊。因为齐地是变迁的，研究齐地文化很容易产生歧义。而研究齐人文化不仅有齐地变迁的困难，还面临着新的难题：齐人是指在齐地出生的人，还是指在齐地生活的人，亦或是二者兼而有之？我们认为，"齐文化"的研究应该是齐国文化，"是指自姜太公封疆营丘始建齐国（约公元前十一世纪）起，至秦嬴政消灭田齐建（公元前 221 年）止，这一特定的历史阶段所建立的文化"。[①]颜炳罡、孟德凯在《齐文化的特征、旨归与本质》中为我们总结了齐文化的特征与本质：齐文化以广收博采、融会贯通、自由奔放、积极进取为特征，以富国强兵、开拓疆域乃至诏令天下为旨归，以实用主义为本质，是中国文化的重要源头。[②]

　　东营市在周朝是齐国领地的一部分。作为一种民间文学体裁，民间歌谣体现着黄河口域内人民的社会心理状态、思维方式、价值观念以及人生态度，承载了丰富的古齐文化内涵。由黄河口民间歌谣直观古齐文化，主要有三点：农商并举、尊重实际的务实精神，积极进取、崇尚功用的人生态度，以及重兵尚武、富国强兵的兵学思想。

第一节　农商并举、尊重实际的务实精神

　　公元前约 1056 年，武王伐纣，建立周王朝，把临淄、广饶、博兴一带蒲姑氏国的地封给东夷人姜太公，自此齐国建立。齐国建立之初，因"齐地负海舄卤，少五谷而人民寡"，齐太公就制定了"通商工之业，便鱼盐之利""劝其女工，极技巧"的经济策略。农业不占优势，就扬长避短，走农、工、商、渔全面发展的道路。到了齐桓公执政期间，他任用管仲为相，尊重实际，以农为本的同时本末并举，农、工、商、林、渔、盐综合发展。"桓公既

---

① 赵志浩．齐文化大观序 [M]．李新泰．齐文化大观．北京：中共中央党校出版社，1992：1.
② 颜炳罡、孟德凯．齐文化的特征、旨归与本质 [J]．管子学刊，2003（1）：36.

得管仲……设轻重鱼盐之利,以赡贫穷。"①"齐桓公用管仲之谋,通轻重之权,徼山海之业……"②《史记》记载了齐桓公对姜太公农商并举、尊重实际的综合发展经济策略的继承和发展。

农商并举、尊重实际的务实政策,十分适合位于黄河入海口东营地区。一方面,东营内控黄河,适合发展农业生产。黄河口作为黄河的入海口,有黄河水,水源充足;从黄土高原带来了泥沙,在入海口出堆积,土壤肥沃;形成的冲积扇,耕种面积大、地势平坦,为种植业的发展奠定了基础。另一方面,东营外濒渤海,沿海人口稀少、土地荒芜且有盐碱,适合发展渔盐经济。

黄河口民间歌谣中关于农业生产的歌谣较多,"农商共举、尊重实际"的务实精神在其中有具体的表征。通过这些歌谣我们能感知到当地农业为本的基本政策,也能清晰地了解到黄河口地区的农业生产活动。例如:《锄谷谣》:"众父老,听我言,咱把锄谷谈一谈。立了夏,要打算,准备小锄把苗剜。往年粗作留大墩,这个种法不合算。十几棵来一大墩,两墩相隔半尺远。距离远,费地方,苗子也就莠不全。地里上的粪又少,马马虎虎锄几遍。粗作虽然省了工,打的粮食少若干。今年精耕要细作,切莫马虎和简单。半尺距离留小墩,四五棵来一二三。窗户棂子单梁排,一溜拉拉苗不断。苗根草稞剜个净,叫那庄稼长得欢。剜好苗,头遍完,再换大锄锄一遍。大锄铺垫胜培土,细土流满两垄眼。这时苗小要浅锄,免得埋苗或掀盘。麦前趁空先划粪,紧接深锄两三遍。谈到这里就算完,割了麦子咱再谈。"③这首《锄谷谣》将往年粗做的弊端一一罗列后,又将今年精耕细作的要点做了一一讲解,让农人再进行锄谷时就有了具体的操作方法可依。又如《种棉花》:"棉花种,灰里拌,耩在地里锄八遍。桃子长得圆又圆,开的棉花似白莲,左手拾,右手填,棉花包袱填得满。一包一包背回家,送进弓房弹一弹……"④表现了黄河口农民种植棉花的过程以及种植棉花的艰辛。此外,《十二月里月月忙》《割秋粮》《六月里三伏好热天》等黄河口民间歌谣都体现了当地百业农为本的古齐遗韵。

除了以农为本,农商并举、尊重实际的务实精神在黄河口民间歌谣中也有直接的体现。手工生产歌谣体现了当地尊重实际的基础上多样化发展的经济路线。内容与纺线、纺棉花、绣花有关,主题与黄河口民众自力更生、支援前线、建设国家相关。例如《纺棉花》:"早纺纱,晚纺纱,织布全靠纺棉花。咱们抗日根据地,不要买洋纱!……自力更生有办法,生产模范人人夸。人人夸,人人夸,纺织英雄顶呱呱。"⑤再如《纺线谣》:"五更月儿圆,响起了纺车声。原来是王大姐,月下开夜工。……没到三个月,四十斤都纺完。……妹妹穿花袄,爸爸买毡帽。捐出了十八元,救灾不算少。好一个王大姐,美名

① [汉]司马迁.史记[M].卷三十二.齐太公世家.长沙:岳麓书社,2006:276.
② [汉]司马迁.史记[M].卷三十二.齐太公世家.长沙:岳麓书社,2006:262.
③ 东营史志办.岁月如歌——东营老民谣[M].北京:方志出版社,2018:94.
④ 东营史志办.岁月如歌——东营老民谣[M].北京:方志出版社,2018:93.
⑤ 东营史志办.岁月如歌——东营老民谣[M].北京:方志出版社,2018:68.

传四方。学习王大姐,生产做榜样。"① 棉花是黄河口的特产,这些手工生产歌谣很好的展现了黄河口尊重实际的手工业特色发展,也通过歌谣赞美典范形成示范带动作用,有效推动了当地手工业的更大发展,使黄河口地区形成了一种勤俭持家、积极向上、爱党爱国的良好氛围。

黄河口民歌中的商业生产歌谣以及致富歌谣,包含了当地的商业经营经验总结,更是直接体现了古齐文化中的农商并举、尊重实际的务实精神。豆子是黄河口常见的农作物,当地人民尊重实际、就地取材,变豆子为豆腐开始进行最初的商业活动。《卖豆腐》(一):"咕噜噜,咕噜噜。半夜起来磨豆腐。磨完了,过了包,点上卤,压出浆,一直忙到大天亮,担着豆腐出了庄。……一天能保卖个'把',粮少也能度灾荒。"《卖豆腐》(二):"梆梆梆,卖豆腐,挑起担子到四户。四户人不多,挑起担子到盐窝。盐窝水太咸,挑起担子到齐都。齐都地太薄,挑起担子到下河。……"② 两首《卖豆腐》的民谣再现了豆腐的制作过程,销售的过程,商业生产的艰辛以及补贴农业收入的重要作用。

《做生意》《算》两首歌谣则体现了黄河口人民的商业经。《做生意》:"要想多赚钱,生意货物全,又要态度好,还要账算圆。"③ 简单四句话精要地概括了做生意的三个要点:货物全、态度好和账好算。《算》:"绳捆三道紧,账算三遍清,生产不计算,诸事都白干。"④ 同样精炼的四句,强调了算清账目对做生意的重要性,为后代经商留下了宝贵的经商之道。黄河口民歌中的致富歌谣,也是农商并举务实精神的有力表现。如《萤火虫》体现了黄河口人家农商并举,在尊重实际基础上的多样化发展:"萤火虫,夜夜红。公公挑担卖胡葱。婆婆养蚕摇丝筒,儿子读书做郎中。媳妇织布做裁缝,家中有米吃不空。"⑤ 而《淋皮硝》更是展示了黄河口的人们顺应市场发展需求,转变思路灵活经商的头脑:"……过去熬土硝,现在土硝不好销。不如改个样,来淋皮硝好。皮硝价贵销路大,赚钱籴粮吃不了。"⑥ 再如《养》"养猪养羊,有肉有粮,养鸡养鸭,利国利家。"⑦ 体现的也是黄河口地区农民在尊重实际的基础上发展混合农业,积极致富的多样化道路。

第二节　积极进取、崇尚功用的人生态度

齐国积极进取、崇尚功用的务实态度在黄河口域内很好的流传下来,主要通过三类黄河口民间歌谣体现。

---

① 东营史志办. 岁月如歌——东营老民谣 [M]. 北京:方志出版社,2018:70.
② 东营史志办. 岁月如歌——东营老民谣 [M]. 北京:方志出版社,2018:89-90.
③ 东营史志办. 岁月如歌——东营老民谣 [M]. 北京:方志出版社,2018:88.
④ 东营史志办. 岁月如歌——东营老民谣 [M]. 北京:方志出版社,2018:88.
⑤ 东营史志办. 岁月如歌——东营老民谣 [M]. 北京:方志出版社,2018:88.
⑥ 东营史志办. 岁月如歌——东营老民谣 [M]. 北京:方志出版社,2018:92.
⑦ 东营史志办. 岁月如歌——东营老民谣 [M]. 北京:方志出版社,2018:99.

一类是民众反对封建社会的旧风旧俗，积极走向新社会的进取精神，主要体现在反对缠足陋习、反对封建婚姻、积极求知上进三个方面。

一是反对缠足陋习，如《缠足坏处多》："妇女裹脚坏处多，扭扭捏捏难干话。妇女只要不裹脚，样样活儿都能做。"① 《别再去缠足》："三妮哭得泪如梭，叫声俺娘听我说。我是你的连心肉，不该逼俺把脚裹。……姐姐妹妹要记着，千万别再去缠脚。齐心都把脚来放，男女平等享安乐。"② 以及催促妈妈快快从封建思想中醒悟，让女儿参加社会生产活动的歌谣《妈妈娘你好糊涂》："……人家的闺女下地去劳动，你叫您那闺女缠小足，……人家的闺女上学去念书，你叫您那闺女大门不出，……人家的闺女参加妇救会，女儿参加你犯咕，……人家的闺女站岗又放哨，你叫您那闺女把饭煮，……妈妈娘啊快觉悟，千万不要落在后头，……"。③

二是反对封建婚姻，提倡婚姻自主，如《自主婚姻》："叫声姐妹们，大家来讨论。成亲大事情，自己要主婚。爹娘来做主，自己不遂心。……对象自己相，中意又称心。过上好日子，别忘八路军。"④ 以及《九岁郎》："二十岁媳妇九岁郎，这样的夫妻太荒唐。说是郎来郎还小，说是儿来不叫娘。……"。⑤

三是积极求知上进，如督促丈夫的积极上学求知，如《姐儿》："姐儿今年十七多，摊了个丈夫不上学，好不气煞我。……你要是不把学来上，我不是跳井是跳河。等你来年再说个，脚大脸丑赶不上我。"⑥ 又如《妇女识字》歌谣中，妇女自身积极进取的《上冬学》："封建几千年，妇女受苦难。来了共产党，翻身见晴天。大家上冬学，识字把书念。每天看书报，道理明白了。"以及《认票子》："能认北海票，不花冤枉钱。一元和五元，拾元伍拾元，壹佰贰佰元，大票壹仟元。"⑦

总之，这三方面的歌谣从反对缠足、反对封建婚姻、积极上进三个方面体现了黄河口民众摆脱旧社会束缚，积极走向新社会、建设新社会积极进取的精神面貌。

二类是仪式歌谣中婚嫁礼俗的积极进取、崇尚功用的新婚祝福。如《郊天歌》："进得门来心喜欢，新人结婚来郊天。……一代强，真不离⑧，门前竖上状元旗。状元旗上一朵花，富贵荣华头一家。"⑨ 又如《拜天地》："……进大门，咧嘴笑。老太太明年把孙子抱，抱孙子，笑盈盈，大了定是大学生。大学生，是栋梁，你家的日子富又强。……"⑩ 再如《生子歌》："这家人家添人口，麒麟送子下了凡。……长大上学很聪明，一定是个大学生。

① 东营史志办. 岁月如歌——东营老民谣 [M]. 北京：方志出版社，2018：28.
② 东营史志办. 岁月如歌——东营老民谣 [M]. 北京：方志出版社，2018：28.
③ 东营史志办. 岁月如歌——东营老民谣 [M]. 北京：方志出版社，2018：30.
④ 东营史志办. 岁月如歌——东营老民谣 [M]. 北京：方志出版社，2018：31.
⑤ 东营史志办. 岁月如歌——东营老民谣 [M]. 北京：方志出版社，2018：38.
⑥ 东营史志办. 岁月如歌——东营老民谣 [M]. 北京：方志出版社，2018：42.
⑦ 东营史志办. 岁月如歌——东营老民谣 [M]. 北京：方志出版社，2018：156.
⑧ 方言，指很好的意思。
⑨ 东营史志办. 岁月如歌——东营老民谣 [M]. 北京：方志出版社，2018：115.
⑩ 东营史志办. 岁月如歌——东营老民谣 [M]. 北京：方志出版社，2018：118.

别的学校没有他,不是北大是清华。研究生,博士后,学富五车才高八斗。到国外,去深造,世界知识都知道。学成回来效国家,一定忘不了爹和妈。男的女的都样,都是国家的好栋梁。"① 这类婚嫁礼俗类的仪式歌把对后代积极进取、崇尚功用、建功立业的期盼通过新婚祝福巧妙地传达出来。

三类是劝世歌谣中奉劝人们积极进取、建立功勋,成就大业。一方面劝告学生努力学习,取得好的成绩,学以致用,报效国家。如:《十大劝》:"……九劝青年男女生,读书学习下苦功。在家要听父母话,在校尊师先生称。下定决心把书念,考场争取第一名。……"又如《十劝》:"……五劝人来学生们听,勤学苦练多用功。爹娘供你把书念,老师的教导记心中。识字的人儿功名大,中举会试耀门庭。……"② 另一方面,国难当头,劝告人们各尽其责、各尽其用:妇女搞好后方生产,丈夫积极参军,支援前线。如《劝夫参军》:"八路真英勇,人民子弟兵。展开自卫战,保护老百姓,前方打胜仗,后方猛生产。劝夫快参军,胜利属于咱。"③ 再如《劝郎打东洋》体现家国危难之际,妻子劝郎君积极进取,参军抗日,保家卫国:"天上月亮明光光,大嫂子劝郎打东洋。叫声丈夫听端详,男子汉不如我婆娘。天天给抗日军缝衣裳,做鞋做饭送前方。你七尺汉子在家中,没有救国的热心肠。大哥听罢心发躁,拿起刀枪上战场。"④ 总之,这两方面的歌谣或者是劝告学生积极上进、建设国家,或者是劝告家人积极进取、精忠报国,都体现了积极进取、崇尚功用的齐国之风。

第三节　重兵尚武、富国强兵的兵家思想

《孙子兵法》是齐文化"尚武强兵"精神的结晶。"武圣"孙武的故里——齐国乐安,就在今东营市的广饶县境内。东营历史上将才辈出,尤其是孙武的故里——广饶县是比较有名的"将军之乡",有力地证明了"尚武强兵、富国强兵"的齐文化在黄河口地区的深远影响。

时政歌中军民鱼水情、参军抗日、歌颂共产党的歌谣有五十多首,约占所有黄河口民间歌谣的13%,是齐国"尚武强兵、富国强兵"兵学精神在黄河口地区广为传承的有力表征。

一、军民鱼水情

军民鱼水情类的歌谣展现了黄河口民众对对共产党的拥护和爱戴,也体现了共产党人对广大黄河口民众生产生活的大力帮助。如《军民鱼水情》:"八路军呦好比一条鱼

---

① 东营史志办. 岁月如歌——东营老民谣 [M]. 北京:方志出版社,2018:121.

② 东营史志办. 岁月如歌——东营老民谣 [M]. 北京:方志出版社,2018:214.

③ 董泽民. 黄河口的传说·垦利民间文学集成 [M]. 东营:东营出版社,1988.124.

④ 东营史志办. 岁月如歌——东营老民谣 [M]. 北京:方志出版社,2018:144.

呀咳！老百姓就是河里的水呀咳，鱼在水中游来游去呀咳！离水的鱼儿呀，难得活吧依呀咳！难得活吧依呀咳！"① 又如《表表咱百姓一片心》："八路军是咱自己人，要住房子让进门。锅碗瓢盆借给你，吃水用面都现成。八路军要啥就有啥，表表咱百姓一片心。"② 这些军民鱼水情的歌谣生动的表现了黄河口人民与共产党军民一家亲的和谐关系。这浓浓的军民鱼水情，某种程度上讲，与当地"尚武强兵、富国强兵"的兵学精神是有一定的关系的。

二、歌颂共产党

歌颂共产党的歌谣体现了黄河口民众对共产党的歌颂，表达了没有中国共产党就没有黄河口民众美好生活的感激之情，以及对以后美好生活的期盼。如《三里庄》：

> 成建基，丧天良，盘踞三里筑围墙，
> 拆了民房修碉堡，强逼百姓去逃荒。
> 少的喊，老的嚷，孩子哭着找爹娘。
> 苦不堪言对谁诉，满腹怨恨对谁讲。
> 杨司令，共产党，突然包围三里庄，
> 枪炮齐鸣震天地，攻破围墙得解放。
> 老百姓，回了乡，分了田地分了房，
> 从此过上好日子，今后跟定共产党。③

这首歌谣反映了日本侵略者对三里庄百姓的欺凌与压迫，使得三里庄百姓的生活苦不堪言。共产党的到来，解放了三里庄，解救了三里庄的百姓，给百姓分了田地与房屋，使百姓过上了幸福的日子。整首歌谣在前后对比中，突显了黄河口百姓对共产党歌颂与爱戴。

又如《老百姓离不开共产党》：

> 盼星星，盼月亮，
> 今日盼来了共产党。
> 共产党，是救星，
> 领导穷人得解放。
> 老百姓离不开共产党。④

再如《天上有颗北斗星》：

> 天上有颗北斗星，
> 地上有个毛泽东，
> 他领导中国共产党，

---

① 东营史志办．岁月如歌——东营老民谣［M］．北京：方志出版社，2018：129.
② 东营市文联．东营民谚民谣［M］．北京：中国文联出版社，2002：20.
③ 东营史志办．岁月如歌——东营老民谣［M］．北京：方志出版社，2018：134.
④ 东营史志办．岁月如歌——东营老民谣［M］．北京：方志出版社，2018：126.

坐镇重要的陕甘宁。

老百姓人人有眼睛，

谁孬谁好看得清，

打鬼子才是英雄汉，

不打鬼子是孬种。①

通过这些歌谣我们可以看出中国共产党在黄河口民众心中的地位极高，他们能带领人民解放，过上好日子。当时，域内百姓将毛泽东同志比喻为"北斗星"，暗喻他为民众在黑暗之中指明方向，体现人民对党和领导人的歌颂与爱戴。

三、积极参军抗日

参军抗日歌谣共计 37 首，体现了黄河口民众在热烈拥护共产党的同时，在"尚武强兵、富国强兵"观念的影响下，他们也纷纷拿起武器投身革命，用自己的行动表示对中国共产党抗日事业的支持。当地人民均以参加共产党抗击日寇为荣，有的是爹娘送子保家国、有的是妻送郎参军抗日。如《天明俺得送送他》：

关上门，挂上挂，

有心和郎说句话，

明天他就上前线，

不知何时才回家。

我郎三天没睡觉，

不愿叫醒惊动他，

盖上被子看看他，

好像钢针把心扎。

我宝宝，小金华，

丈夫走，难舍他，

再一想，不是法。

没有国来哪有家。

俺不能把后腿拉，

明天俺再送送他，

但愿他把敌来杀，

多立战功早回家。②

这首歌谣展现了黄河口民众对抗日战争的支持，在国家危急之时，当地百姓有富国强兵的思想觉悟和强烈的爱国主义精神，能做到先顾大家，再顾小家。有了大家的和平昌盛，才有小家的幸福安宁。

又如《商家连参军歌》体现了商家父子一起上阵参军的壮景："我参加了商家连，穿

---

① 东营史志办．岁月如歌——东营老民谣 [M]．北京：方志出版社，2018：127.

② 东营史志办．岁月如歌——东营老民谣 [M]．北京：方志出版社，2018：143.

上了黄军装，……商家连，恩波建，连里没有外姓参。商氏父子上前线，战场杀敌是模范。"① 再如《小秤砣》："小秤砣，并不沉，用在秤上值千斤。别看儿童团员小，抗日救国抖精神。"②《商家连参军歌》的上阵父子兵，以及《小秤砣》的儿童团员也在为抗日救国积极贡献力量，可以直接体现"尚武强兵、富国强兵"古齐文化精神在黄河口域内的深入人心。

黄河口民间歌谣像一本百科全书，承载了丰富的古齐文化内涵，包括农商并举、尊重实际的务实精神，积极进取、崇尚功用的人生态度，以及尚武强兵、富国强兵的兵学思想。从文化传承的角度解读黄河口民间歌谣，对我们了解该地域的社会经济、历史文化、民风民俗的发展轨迹有着十分重要的意义。

---

① 东营史志办．岁月如歌——东营老民谣［M］．北京：方志出版社，2018：146．
② 东营史志办．岁月如歌——东营老民谣［M］．北京：方志出版社，2018：148．

第五章
黄河口民间歌谣与《诗经》《汉乐府》婚恋诗的比较

余冠英先生曾说:"《诗经》本是汉以前的乐府,乐府就是周以后的《诗经》。"[①]虽然,汉乐府不如《诗经》中的婚恋诗多,但是二者在描写婚恋这一永恒话题上,都抒发了浓烈的情感,体现了人们对爱情的追求。

黄河口民间歌谣是黄河口民众物质生产生活与精神生活的高度浓缩,里面也有49首婚恋诗。本章将从相恋、婚姻两方面对黄河口民间歌谣与《诗经》《汉乐府》进行比较。

第一节 《诗经》与《汉乐府》的相恋诗

一、《诗经》中的相恋诗

《周南·关雎》是《诗经·国风》的第一篇,是我国有文字记载以来的最早的一首情歌。

《关雎》描写的是一个男子爱上了一位美丽勤劳的女子而"寤寐思服"的故事。诗中由雌鸠鸟的和鸣起兴,进而联想到男女之间的互相爱慕,勾勒了一幅幸福的爱情图。周代的女子,尤其是下层的女子,常常大方、大胆地追求爱情,这在我国封建社会非常少见,因此更加难能可贵。例如《诗经·卫风·木瓜》大胆地表达爱情:"投我以木瓜,报之以琼琚。匪报也,永以为好也。"[②]表现的是那个时期青年男女自由相会、自由恋爱的美好场景:女子把瓜果投给集会上的意中人,男子解下身上的佩玉作为定情物回赠给姑娘,二人永以为好。

《诗经》中的相恋诗还有很多,我们将其分为初恋歌、热恋歌和追求歌三种。初恋歌有9首:《邶风·静女》《郑风·子衿》《王风·采葛》《陈风·东门之杨》《卫风·芄兰》《陈风·东门之枌》《王风·君子阳阳》《郑风·溱洧》《郑风·搴兮》。热恋歌有6首:《召南·野

---

① 余冠英.乐府诗选[M]北京:人民文学出版社,2001:9.

② 程俊英.诗经[M]上海:上海古籍出版社,2012:67.

有死麕》《邶风·匏有苦叶》《郑风·野有蔓草》《王风·丘中有麻》《郑风·将仲子》《齐风·东方之日》。追求歌有 19 首:《周南·汉广》《秦风·蒹葭》《齐风·甫田》《王风·大车》《唐风·有杕之杜》《卫风·考槃》《陈风·衡门》《鄘风·桑中》《邶风·简兮》《魏风·汾沮洳》《陈风·东门之池》《卫风·淇奥》《陈风·泽陂》《周南·关雎》《陈风·月出》《郑风·东门之墠》《陈风·防有鹊巢》《桧风·羔裘》《桧风·素冠》。

二、《汉乐府》中的相恋歌

汉乐府中表现男女之情的诗分为夫妻间的相互思念和女子对不幸婚姻的悲鸣两种类型,后者的数量要占汉乐府婚恋诗的 90% 左右。此外,还有少女对忠贞爱情的追求,例如《上邪》,以及夫妻对彼此感情的重视,如《公无渡河》。

汉乐府中的婚恋诗歌也可以分为相恋和婚姻诗歌两大类别。其中,婚姻诗歌可分为:幸妇、思妇与弃妇诗歌三类。《江南》和《上邪》是汉乐府中最具有代表性的相恋诗歌。《江南》以清新、活泼的笔调表达了对美好爱情的歌颂:

> 江南可采莲,
> 莲叶何田田!
> 鱼戏莲叶间。
> 鱼戏莲叶东,
> 鱼戏莲叶西,
> 鱼戏莲叶南,
> 鱼戏莲叶北。

这是一首描写江南人采莲的诗。全诗格调轻快。犹如一幅美妙的图画:一望无际的碧绿的荷叶,莲叶下自由自在、欢快的鱼儿在嬉戏,还有那水上偷快地采莲的男男女女。闭上眼,采莲女温润柔美的歌声仿佛萦绕耳旁,滑进心间。多么秀丽的江南风光,多么宁静而又生动的画面!

表面来看,这首诗是一首采莲诗,描写了热闹、欢快的采莲场景,歌颂了采莲青年的劳动。但这首诗这更是一首恋情诗,采用了比兴、双关的手法。以"莲"谐音"怜",以"鱼"谐音"侣",以鱼儿于莲叶间戏水暗喻青年男女在劳动中相互爱恋的欢乐景象。

《上邪》是汉乐府民歌《饶歌》中的一首情歌,是一位大胆、痴情的女子对爱人的热烈表白。

> 上邪!
> 我欲与君相知,长命无绝衰。
> 山无陵,江水为竭,冬雷震震,夏雨雪,天地合,乃敢与君绝。

女子对天起誓,设想了三组不可能发生的自然现象——山河消失、四季颠倒、天地合一,作为"与君绝"的条件。奇思妙想里饱含对男子执着的深情,歌谣被许多文人称为"短章之神品"。

第二节 《诗经》与《汉乐府》的婚姻歌

一、《诗经》中的婚姻歌

根据婚后的状况,我将《诗经》中的婚姻诗歌分为三类:夫妇恩爱的幸妇诗、彼此想念的思妇诗和妇女被弃的弃妇诗。

(一)幸妇诗歌

我们姑且把《诗经》中夫妻恩爱类的诗歌称为"幸妇诗"。《郑风·女曰鸡鸣》和《齐风·鸡鸣》是此类诗歌的代表。二者都以夫妻对话的形式,表现幸福的婚姻生活。前者写妻子催促丈夫早起打猎,在对话中体现女子对男子的关心体贴,以及男子的真情回报,表明了他们婚后生活的和谐与幸福。后者写妻子催促丈夫早起上朝,利用主人公个性化的语言刻画人物性格,把妻子的温柔体贴、丈夫的贪婪嗜睡,刻画得惟妙惟肖。

《郑风·出其东门》没有正面描写夫妻的婚后生活,但是也表现了丈夫对妻子忠贞不渝感情的主题,从侧面体现了二人婚后的幸福生活。

此外,《诗经》中反映婚姻生活的还有很多。婚姻、嫁娶类的有 16 首:《郑风·风雨》《唐风·羔裘》《卫风·竹竿》《召南·摽有梅》《卫风·木瓜》《周南·葛覃》《唐风·绸缪》《郑风·有女同车》《齐风·著》《郑风·丰》《周南·桃夭》《召南·鹊巢》《周南·樛木》《周南·螽斯》《豳风·伐柯》《邶风·燕燕》。家庭生活类的有 9 首:《郑风·叔于田》《郑风·女曰鸡鸣》《齐风·鸡鸣》《郑风·缁衣》《车舝》《隰桑》《何人斯》《鸳鸯》《裳裳者华》。

(二)思妇诗歌

西周初年至春秋中叶,由于诸侯国之间的常年征战,男人或者被征为劳工服劳役,或者被征为兵卒参战,常年在外,生死未卜。因此,这一时期的思妇诗比较多。《诗经》中最具代表性的思妇诗当属《王风·君子于役》,诗歌采用比兴的手法,借鸡、牛、羊的归家,想到他的丈夫也应该归家:"君子于役,不知其期。曷至哉?鸡栖于树,日之夕矣,牛羊下来。君子于役,如之何勿思!"

《周南·卷耳》也是一篇抒发思君之苦的名篇。第一句实写,写一位女子在采集卷耳的劳动中想起了远行在外的丈夫;二、三、四句是想象,想象丈夫在外经历险阻的各种情况。整个诗歌虚实结合、匠心独运。

《诗经》中也有男子思念妻子的作品,如《豳风·东山》中"有敦瓜苦,烝在栗薪。自我不见,于今三年","之子于归,皇驳其马。亲结其缡,九十其仪。其新孔嘉,其旧如之何?"诗中,丈夫三年久戍未归,甚是想念妻子。在返回的路上,他回忆着妻子出嫁时的场景,思念着新婚时的美好,心想:不知时间过了这么久,妻子又会怎样了呢?字里行间抒发了丈夫对妻子的深深思念。

《诗经》中还有一部分悼亡诗,抒发了对亡妻的思念,最具代表性的就是《邶风·绿衣》:"绿兮衣兮,绿衣黄里。心之忧矣,曷为其已。"男子目睹亡妻遗物,睹物思人,感人至深。

此外,《诗经》中描写思妇、思夫的诗歌还有《唐风·无衣》《召南·殷其雷》《邶风·雄雉》《秋杜》《采绿》。

(三)弃妇诗歌

《诗经》中最具代表性的弃妇诗是《卫风·氓》。它塑造了一个忠厚纯朴的劳动妇女形象——卫女,以民歌体的形式叙述了女子从恋爱到结婚再到被弃的过程。卫女痴情、执着,看不到氓甚至"泣涕涟涟",看到了氓便"载笑载言"。她被氓的假象迷惑,沉醉在爱情里"不可说也",答应氓"秋以为期"嫁给他。然而婚后,氓变了。她忍受着贫困和虐待,甚至他人风言风语的嘲笑。最终激发她发出了"不思其反"的感伤,以及对男人"二三其德"的蔑视,进而对恶人斥责"反是不思,亦已焉哉!"

《邶风·谷风》的女主人公也是一个勤劳善良的妇女。婚前,男主人公要娶表示要"及尔同死"。婚后,她谨守妇夫常规,勤劳节俭的过日子,却被丈夫虐待、遗弃而痛苦万分。《氓》中的女子相比,她相对怯懦,哀叹、乞怜之余,含泪离去。

此外,《诗经》中的弃妇诗还有很多,诸如:《邶风·日月》《邶风·柏舟》《郑风·遵大路》《鄘风·蝃蝀》《王风·中谷有蓷》《召南·江有汜》《陈风·防有鹊巢》《邶风·终风》《小雅·小弁》《小雅·白华》《小雅·谷风》《小雅·我行其野》等。

二、汉乐府中的婚姻歌

(一)幸妇诗歌

汉乐府中能体现夫妻幸福生活的婚姻诗歌有《东门行》《妇病行》《艳歌何尝行》《艳歌行》《公无渡河》。我们以《东门行》《妇病行》为例展开。

《东门行》以丈夫面对家中"盎中无斗米,还视架上无悬衣",遂"拔剑东门去",妻子劝阻不听,丈夫发出"白发时下难久居"的感慨为主要内容。诗中的男主人公要出东门干非法的事,却又不放心,转了回来。面对家中:盆中无粮可充饥,架上无衣可御寒,他重下决心要走。妻子扯住丈夫的衣裳,表示愿意与他同甘共苦:"他家但愿富贵,贱妾与君共哺糜。上用仓浪天故,下当用此黄口儿,今非!"丈夫的一句"咄!行,吾去为迟!白发时下难久居!",彰显了其内心的痛苦与无奈。《东门行》从侧面放映了夫妻二人休戚与共、风雨同舟的坚固爱情。

还有《妇病行》:被病魔拖累的妻子,把丈夫叫到跟前说:"属累君两三孤子,莫我儿饥且寒,有过慎莫笪苔,行当折摇,思复念之!"女主人公在临死之前对孩子养育的交代,以及对丈夫"思复念之"的叮嘱,殷殷嘱望之情溢于言表。整首诗歌,情真语真,也是侧面体现夫妻二人的伉俪情深,读来令人凄然泪下。

(二)思妇诗歌

汉乐府中的思妇诗歌有两首:《饮马长城窟行》和《伤歌行》。
我们以《饮马长城窟行》来做分析:《饮马长城窟行》开篇由河岸青草起兴,引出下文。主人公面对河畔青草出神,但是"远道不可思",于是"宿昔梦见之""梦见在我傍""忽觉在他乡"。到了秋天,用起兴的手法写"枯桑知天风,海水知天寒",邻居"入门各自媚,谁肯相为言"。最终盼来"客从远方来,遗我双鲤鱼","上言加餐食,下言长相忆"。整首诗抓住春思、夜思、秋思来写,并通过起兴、顶真和拟人手法的运用以及第一人称的口吻,把思妇的思念之情表达得缠绵殷切、哀婉动人。

(三)弃妇诗歌

汉乐府中的弃妇诗歌有六首:《有所思》《上山采蘼芜》《白头吟》《塘上行》《枯鱼过河泣》《孔雀东南飞》。我们以《有所思》《上山采蘼芜》为例进行分析。

《有所思》开头五句写女主人公对远方情郎的思念:通过她用"双珠瑇瑁簪"可以看出她对男子的浓浓爱意。在"闻君有他心"后,她愤然地将信物折断、砸碎、烧毁,最终迎风扬掉其灰烬,表示"从今以后,勿复相思!"在渐渐冷静之后,她陷入了欲断不能的矛盾、仿徨的复杂心态,产生"鸡鸣狗吠,兄嫂当知之"的回忆和忧虑,以及"鸡鸣狗吠"中幽会的柔情蜜意,再加上始乱终弃的严重后果,使她顾虑重重。最终,心乱如麻中她发出的一声"妃呼豨"的唏嘘长叹。

《上山采蘼芜》描写弃妇在采蘼芜的归途中,与"故夫"相逢的场景。整首诗歌的对话都集中在弃妇"长跪问故夫"的"新人"与"故人"的对比之上。负心男子恋旧的根本原因:弃妇创造的价值高于新人,因此得出"新人不如故"的结论。然而,尽管弃妇勤劳、能干,最终没能摆脱被抛弃的命运,丈夫的直白回答更显出他喜新厌旧的本性。整首诗从故夫和弃妇的对话里,我们可以看出故夫和弃妇久别后再会的互倾衷肠中流露出的内心痛苦。

第三节 黄河口
民间歌谣与《诗经》《汉乐府》婚恋诗的比较

一、爱情观层面

(一)《诗经》中的爱情观

《诗经》的爱情诗分相恋、幸妇、思妇、弃妇这四类:《郑风·山有扶苏》是女子戏弄恋人率真、大胆;《齐风·鸡鸣》是妻子催促夫君早朝的幸福婚姻;《周南·汝坟》是妻子对久役于外丈夫的怀念;《郑风·遵大路》是痴情妇女对丈夫不要遗弃自己哀求……从这些诗歌中,我们可以窥视出《诗经》时代的爱情观有如下三个方面:

1. 崇尚自由恋爱

受先秦遗风的影响,周代妇女的地位比较高,可以在婚恋方面实现自主。当时,广大青年男女可以自由恋爱,大胆、热烈地追求自己的意中人。在自由的恋爱基础上,没有"男尊女卑",大多可以构建成夫妇相敬如宾、幸福美满的婚姻。

2. 封建礼教初露头角

随着社会发展,社会制度逐渐完善,男女婚姻的也渐渐受到"父母之命,媒约之言"的影响与束缚。例如《诗经》中的"母也天只,不谅人只"是对父母之命的埋怨;"匪我愆期,子无良媒"是对媒约之"功"的痛诉。总体来看,周代爱情婚姻自由、自主的成分要大于"父母"和"媒人"的作用。

3. 崇尚夫妻平等

《卫风·氓》中的女子在被弃之后虽然有委屈和怨恨,但是更有理性的分析与劝谏。同样面对被弃,《郑风·遵大路》中虽有苦苦哀求;《召南·江有汜》也有不忍割舍,但是她们在离开夫家之后都可以生活下去,没有选择死亡。可见,周代婚姻家庭中,女子并不是逆来顺受,而是敢于反抗、勇于面对"弃妇"的生活。从某种角度看,周代妇女拥有一定的自由与权利,当时的社会是尊崇夫妻平等的。

(二)汉乐府诗的爱情观

汉代,人们的婚姻观念发生了变化:由主动争取幸福到顺从、被动接受礼制约束。

1. 对自由恋爱的渴望

在爱情方面的自主性而言,汉代女子比周代女子要低很多。她们期盼自由美好的爱情却又必须遵照各种制度。因此,才有《上邪》中奇特的想象、激烈的言辞,表达女子对一份真挚爱情的渴望,以及对恋爱自由的渴求。

2. 封建礼教渐渐形成

汉代以"孝"治天下的社会氛围中,父母对子女婚姻的主宰程度大大增强,乃至有"子甚宜妻,父母不悦出"[①]而令其出妻的规定,又有"不事姑舅,出之"的不合理制度。

汉代男女的爱情、婚姻是"封建家长制"包办的。焦母便是这种"政策"的代表人物,她不顾兰芝的惠贤、优秀,不顾仲卿的痴情、感伤,以一己之愿毫不顾虑地将兰芝赶出家门。因此,汉乐府中的爱情不像《诗经》中的爱情那样自由热烈、奔放。

3. 不平等的婚姻生活

汉代,女子在婚姻生活中表现的谦恭有礼、逆来顺受。例如《饮马长城窟行》中,妻子接到丈夫的来信时"长跪读素书",这种无意识反衬出礼教在妇女身上的深深烙印。再如《上山采蘼芜》中,弃妇见到了故夫也是"长跪问故夫"。由此,受封建礼教的影响,较之周代,汉代的妇女在婚姻生活的"平等"权上降低很多。

---

① 陈澔注.礼记集说 [M].上海:上海古籍出版社,1987:155.

（三）黄河口民间歌谣的爱情观

1. 追求自由恋爱

从五四运动开始，自由恋爱作为婚姻自由的一个重要方面。新中国成立后，更是反对包办婚姻，提倡自由恋爱。黄河口民间歌谣中的 20 首相恋歌，无论是《看妹》偷偷看心上人的小心翼翼，还是《何时才能见情郎》的打情骂俏，亦或是《正月里盼小妹》焦灼思念都是建立在自由恋爱基础上的。例如《正月里盼小妹》体现的就是自由恋爱基础上哥哥对妹妹相见的期盼：

> 正月里盼小妹正月正，
> 我和俺小妹逛花灯。
> 逛灯是假的，
> 妹呀，
> 想你是真情。[①]

时政歌中有对于的父母之命、媒妁之言的讽刺与劝诫，对自由婚姻的歌唱与赞颂，如《自主婚姻》《九岁郎》：

九岁郎

> 二十岁媳妇九岁郎，
> 这样的夫妻太荒唐。
> 说是郎来郎还小，
> 说是儿来不叫娘。
> 对他媳妇啥不懂，
> 哭着叫着要吃糖。
> 黑夜含着俺的胳膊睡，
> 一叫晚了就尿床。[②]

2. 感情大胆直白

黄河口民间歌谣中的相恋歌，用语大胆直白，大方开放。例如《相亲》将男女生双方相亲中的外貌、神态、动作、心理活动淋漓尽致地流露出来：

> 今日俺把对象相，
> 穿上一身好衣裳。
> 擦上胭脂抹上粉，
> 对着镜子细打量。
> 忽听一阵阵铃响，
> 门外走进意中郎：
> 身材魁梧面带笑，

---

① 东营市文联. 东营民谚民谣 [M]. 北京：中国文联出版社，2002：79.
② 东营史志办. 岁月如歌——东营老民谣 [M]. 北京：方志出版社，2018：38.

车轴汉子小伙棒！

见了他,俺心慌,

急忙抽身躲进房。

躲进房,门缝里望,

心跳打得脊梁慌。

红脸把他让进屋,

他坐椅子俺坐床。

搓着手儿没啥说,

"你……""我……"的咋打腔?

到底俺俩有缘份,

啦了家常诉衷肠。

俺俩订下百年好,

只盼早日做新娘。[①]

再如《送情郎到大门外》最后两句直白的表白:"天塌地陷你别变心,海枯石烂俺等着你。"《会情郎》的表白更是大胆漏骨:"扳着奴家的肩,跟奴亲个嘴,咱俩相好狠狠这回。"

二、思想内容层面

与《诗经》《汉乐府》相比,黄河口的婚恋歌谣在思想内容方面有所拓新深入。

在《诗经》国风中,虽然可以看到家长对子女选择配偶时的干预,例如:"父母之言""诸兄之言""人之多言"[②]"之死矢靡他""母也天只,不谅人只"[③] 等,但是比例非常少,可见当时家庭对恋爱婚姻还没有形成重要的影响。

汉代,汉武帝"罢黜百家,独尊儒术"以来,儒家思想中的君臣、父子、夫妻等等级观念加强。因此,封建礼教和父母在儿女婚事上的影响上也大大增强,

婆婆以"举动自专由"为借口就可以赶走儿媳。《公无渡河》是最典型的案例,婆婆不顾儿子的感受和爱情,驱赶儿媳,最终造成儿子与儿媳"黄泉相见"双双殉情的惨剧。因此,汉乐府中爱情诗歌的思想内容得到进一步深化,借助婚恋诗反映男女对"不合理"社会制度的抗争。例如《妇病行》《东门行》等形象地展现了汉代的社会状况,是汉乐府深化《诗经》婚恋诗主题的有力证明。

新时代,黄河口民间歌谣中的婚恋歌,思想内容更加深刻,不仅有对传统婚姻弊端的痛诉,更赞扬了八路军带来的自由婚姻。如前面我们提到的《自主婚姻》上半段列举传统婚姻的种种弊端,后半段来了八路军之后自己相对象的称心如意。将个人家庭恩爱与国家民族正义融为一体,使得黄河口婚恋民谣的主题更加丰富与深刻。

---

① 东营市文联. 东营民谚民谣 [M]. 北京:中国文联出版社,2002:96.

② 程俊英. 诗经 [M] 上海:上海古籍出版社,2012:79.

③ 程俊英. 诗经 [M] 上海:上海古籍出版社,2012:45.

三、艺术形式层面

(一)语言节奏十足

《诗经》的句式以四言为主,同时,根据不同题材内容和情感表达的需要穿插二言、三言、五言、六言甚至七言、八言。长短句式交错使用,使得《诗经》的语句灵活、丰富,节奏感强。

汉乐府突破了《诗经》的四言句式,不拘长短,以杂言为主,后来逐步发展为五言。因此,汉乐府读起来更加圆润,朗朗上口,节奏感、音乐感也更强。

黄河口民间歌谣句式更丰富,三言、五言、七言、甚至八言、九言参差变化,形成一种灵活多变、生动活泼、丰富多彩的语句形式。例如《何时才能见情郎》中,三言与七言相间使用,句式长短结合,读来韵律节奏感十足:

> 小纺车,嗡嗡响,
> 奴家在家纺线忙。
> 穗头大,心事长,
> 何时才能见情郎。[1]

再如《看情郎》中七言、八言、九言交错出现,风趣幽默中读来朗朗上口:

> 小奴个年刚十八。
> 郎哥捎信去看他,
> 手中无啥拿。
> 左手提上个大螃蟹,
> 右手章上个弯子虾,
> 胳肢窝里夹上个大西瓜。
> 天上下雨地上滑,
> 出门跌了个仰八叉,
> 跑了螃蟹蹦了虾。
> 摔破胳肢窝里的大西瓜。
> 手扶尘埃忙爬起,
> 骂了声没福的小冤家。[2]

(二)艺术手法丰富

《诗经》最基本的艺术手法是赋、比、兴,其中比兴手法更为善长。"比"的手法的运用使《诗经》的语言更加生动、传神。例如《卫风·硕人》连用了六个比喻把庄姜的美丽描画地鲜活灵动,可谓精辟至极:"手如柔荑,肤如凝脂,领如蝤蛴,齿如瓠犀,螓首蛾眉,巧笑倩兮,美目盼兮。"《秦风·蒹葭》中"兴"的手法运用的最好。苍苍蒹葭、白露为霜

---

① 东营史志办. 岁月如歌——东营老民谣 [M]. 北京:方志出版社,2018:165.
② 东营史志办. 岁月如歌——东营老民谣 [M]. 北京:方志出版社,2018:166.

是作者用以起兴的事物，随后诉说着男子对可望而不可及的"伊人"的向往、执着追求和追求不得的惆怅心情。

"赋比兴"的手法在汉乐府中得到了更好的继承与发展。

《艳歌何尝行》以白鹄比喻贫贱夫妻，全篇采用比喻手法。圣洁的白鹄与伴侣成双成对、相爱相随。然而灾难不期而至，"妻卒被病"使得它们被迫分离，最终突出了遇难者的命运悲剧。《枯鱼过河泣》同样如此。王孝廉先生曾言："《枯鱼过河泣》是以枯鱼（得不到水的鱼）隐喻得不到爱情的男子，是失恋者的悲歌。"①汉乐府的这两首诗都使用了"比"的手法，使作品形象更加饱满，读来也更加真切。

《孔雀东南飞》开篇运用"兴"的手法，第一句"孔雀东南飞，五里一徘徊。"来兴起刘兰芝、焦仲卿彼此的顾恋之情。此处的"兴"不只是"引起所咏之辞"，更是以孔雀的不忍别离之景暗指夫妻的不忍离异之情，从而给读者以"眷恋""心痛"的感觉。可见，与《诗经》中的"兴"相比，汉乐府中的"兴"更加成熟。不但能引起下文，更重要的是能在其中融入自己的情感，实现事物与情感相融产生共鸣，从而激发和触动人的性情与心灵。可谓："情以物迁，辞以情发。一叶且或迎意，虫声有足引心。"②

除了比兴之外，汉乐府还善于运用大胆的夸张和浓墨重彩的铺叙。例如《上邪》中如山洪爆发般的激情和高度的夸张，使得诗歌具有浓重的浪漫主义色彩。而《陌上桑》则运用铺陈的手法，铺叙罗敷的衣着打扮，形象地表现了她的美丽。

黄河口民间歌谣中很好的继承了赋、比、兴的艺术手法。《咋看也不如哥哥好》运用赋的手法铺叙了三个段落：初一兄妹拜年，初三和哥哥一起包饺子，十五和哥哥一起跑旱船、踩高跷、扭秧歌闹元宵。三个段落结构基本相同、语气基本一致的句群，一气贯注、淋漓尽致、层层渲染地细腻铺写了妹妹眼中的"咋看也不如哥哥好"。同样，《郎君立功把家还》《四宝上工》等婚恋歌谣也用赋的手法。前者细致地铺叙了丈夫在外参军打仗的十二个月里，妻子月月的思念与担心；后者详细地铺叙了女子与四宝从正月的相识到三月、四月、五月的逐渐相知，到六月的相恋，再到七月的相离、相念……最后在冬日里对四宝着衣、床被、零钱的担忧。两首歌谣层层铺排主题，读来感人至深。

黄河口民间歌谣中还有很多诗歌运用比的手法，以彼物比此物，借一个事物作类比，便于人们展开联想和想象，使得歌谣更加鲜明浅近、生动具体。《郎君立功把家还》中的"人家夫妻都圆月，就是奴家月不圆"，以及《姨娘捎信儿叫外甥》中的"欢睁大眼柳叶眉，瓜子脸盘赛芙蓉。扑面香粉薄薄地擦，嫩嫩的胭脂抹匀停。樱桃小口抿抿笑，两边的酒窝满是情。"运用比的艺术手法，将夫妻团圆比作圆月，将女子的眉毛比作柳叶，脸蛋比作瓜子，将小口比作樱桃，句子形象生动，能鲜明突出本体事物（事情）的特征。

"先言他物以引起所咏之词，谓之兴。"黄河口民间歌谣中很好地继承了"兴"的艺术手法，基本都是开篇起"兴"。《姨娘捎信儿叫外甥》以"清明三月三噢，三月里是清明。

---

① 王孝廉. 中国的神话与传说. 联经出版事业公司，1977：33.
② ［南朝］刘勰著，戚良德注. 文心雕龙［M］. 郑州：河南大学出版社，2008：319.

桃花杏花开哟,杨柳发了青。"开篇,对婚恋爱情的主题,起到很好篇头起兴的作用。《何时才能见情郎》开篇起兴,从"小纺车,嗡嗡响,奴家在家纺线忙。穗头大,心事长",写起,增强意蕴,激发读者的联想,兴中含比地引出"何时才能见情郎"的主题,产生了形象鲜明、诗意盎然的艺术效果。

另外,黄河口民间歌谣的婚恋歌中还大量运用夸张、对比、拟人等艺术手法。例如《郎君立功把家还》中,通过夸张与对比的手法,突出妻子对在外参军丈夫的担忧:

> 十月里呀天寒冷,
> 生上火炉过暖冬。
> 奴家在家浑身暖,
> 郎君边关受寒冻。
> 十一月里冷生生,
> 屋檐滴水成了冰。
> 郎君离家快年,
> 奴家盼郎眼睁睁。[1]

又如《咋看也不如哥哥儿好》的结尾,将夸张与对比结合使用,情人眼里出西施,表达了妹妹眼中哥哥的好:

> 正月十五闹元宵,
> 我和哥哥儿到处瞧。
> 跑旱船来踩高跷,
> 秧歌扭得好热闹,
> 咋看也不如哥哥儿好![2]

再如《干豆角》等童谣运用拟人的手法,热闹有趣又充满想象力:

> 干豆角,一拖拉,
> 老鼠上炕蒸饽饽。
> 鹅添锅,猫烧火,
> 鸭子拽晃抱柴火。
> 公鸡和面打了盆,
> 吓得小狗关上门。[3]

---

① 东营史志办. 岁月如歌——东营老民谣 [M]. 北京:方志出版社,2018:167.
② 东营史志办. 岁月如歌——东营老民谣 [M]. 北京:方志出版社,2018:166.
③ 东营史志办. 岁月如歌——东营老民谣 [M]. 北京:方志出版社,2018:331.

第六章
黄河口民间歌谣的语言风格

黄河口民间歌谣是黄河口地区劳动人民集体口头创作，并用黄河口方言口语传唱的，它不同于大白话，追求语言的朴实美、修辞美、韵律美。本章从方言词语、修辞手法两个方面对黄河口民间歌谣的语言进行分析，以探求其独具魅力的语言风格。

第一节　朴实生动的方言词语

黄河口民间歌谣运用了大量的方言词语。我们参照杨秋泽《东营常用方言词语对照表》（2009）东营方言词语的分类方法，结合黄河口民间歌谣中方言词语的实际情况，对所搜集的 447 首黄河口民间歌谣中的方言词语进行了全面分析，总结归纳出黄河口民谣中方言的使用情况。黄河口民间歌谣共使用了 15 类、218 个方言词语，分类与具体方言词语见表 6-1，各类方言词语数量比例见表 6-2。

表 6-1　黄河口民间歌谣方言词语

类　别		方言词语
天文、气象		日头、黑天
地理、时间		坡里、洼里、旮旯、道儿、集、坝、庄、墓田、窨子、晌午、黑夜、后晌、近里
节令、农事		端阳、耙子、上坡、下坡、耩、大墩、小墩、翻场、抱垄、场院、土坷垃
植物		谷子、黄蓿菜、糖瓜、碱草、甲子桃子、蒌蓬、地瓜蛋、曲曲菜儿、秋秋、番瓜、苦菜子、麦子、秋秸、羊角菜
动物		鸭兰子、蚂蚱、老鸹、老猫、长虫、狸虎、老鳖、豆虫、花蛾、大鹏、蝈子
房舍、器物		宅子、屋、上房、新喜房、屋笆、伙房、小车、大车、辘轳、胰子、电摩、柴火、土牛、大笛、兜篓、雷子、增福、杌扎、马扎、砖轱辘、筲、石磙、旱船、耧斗、缺连、旎
称谓	社会称谓	小子、儿、对象、郎、嫁客、全人、爷、八天娘娘、小家、娘娘、妞儿、小妮、婆娘、闺女、姑娘、丫头、娘们、老婆、老头、神婆、女客、太太
	亲属称谓	娘、爹、大爷、大娘、新女婿、姑、姨、姥娘、妗子、姑子、姨娘、老公爹、婆母娘
	性状称谓	土匪、二流子、瘸巴、秃光油、拐子、鳖羔子

续表

类　别	方言词语
饮食	饽饽、火烧、饭汤、果子、干饭、馍馍、扁食儿、糠饼子、其馏、糠菜、糖瓜、面旦旦、秫秫面子、面子、罗罗、稷稷、椒、煎饼、栗子、稷稷米
方位、称代	底下、里头、四下里、当阳、当央、天井、俺、咱、恁、奴、奴家、啥、咋
服饰	衣裳、褂子、布子、袄子、鞋子、袄、裤、兜兜
身体、器官	眼、腚、腚锤子、豁唇儿
动作行为	家去、来往、恼、叠巴、拜花堂、叫明、喜、四打蓬散、扎口、陪送、下洼、籴、雀水、过火、通腿儿、恋、打仗、吊孝、椒、砍、打滑溜、手扯手、起火、掀、揭登、捏把、吃酒、吃水、筛（茶）、未从、上供、串门子、坐月子、拾掇、待承、绞、跳哒、唱小戏
性质状态	中、不离、不瓢、孬、差七差八
副词	多咱、多时节、赶快、甭、嘎咕、煞、莫、岁快、怪、喇愣嘣愣、光
数词、量词	俩、仨、嘟噜、穗、位、颗

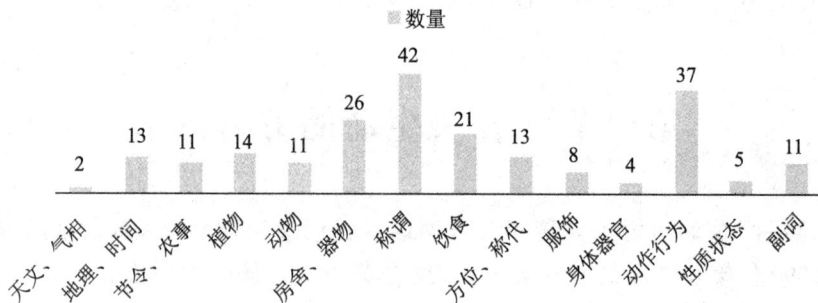

图 6-1　黄河口民间歌谣各类方言词语的数量

从表 6-1 和图 6-1 可以看出，黄河口民间歌谣中所使用的方言词语类别丰富多样，数量也不少。其中，表示称谓的词语数量最多，其次是表示动作行为、房舍、器物以及饮食的词语。一种语言或方言中最具特色、且稳定性强的词语当属称谓语，黄河口民间歌谣中方言称谓词语的大量使用也恰好证明了这一点。

方言词语的使用，不仅能够反映黄河口人们的日常生活和民情风俗，使民间歌谣具有了十分浓厚的黄河口地域特色，也使之完全融入了当地的社会生活和文化之中，许多民间风俗通过运用丰富的方言词语在歌谣中展现了出来。例如《婚庆歌》："二人拜花堂，同进新喜房。进得洞房细打量，娘家陪送的好嫁妆。"中的方言词语"拜花堂""新喜房""陪送"非常贴切地反映了黄河口地区人们婚庆民情风俗。再如歌谣中饮食类方言词语如"饽饽、火烧、果子、馍馍、煎饼"等的使用，真实地反映了黄河口人们独具特色的饮食习惯。

另外，方言词语使民间歌谣更具有口语性，通俗易懂、亲切朴实，有助于当地人们理解、接受和传唱。

第二节 丰富多样的修辞手法

修辞是使语言具有特殊表达效果的方式,民间歌谣作为一种特殊的诗歌韵文形式,也运用了多种修辞手法来展现它的艺术魅力。通过对所搜集到的黄河口民间歌谣中的修辞进行分析,发现其主要使用了对偶、排比、顶真、反复、比喻、铺排、设问、起兴等修辞手法。

一、对偶

对偶是指把字数相等或大致相等,结构相同或相似,意义相关的两个句子或词组对称地排列在一起。[①]

例如:

(1)"雪里送炭君子少,锦上添花小人多。"

(2)"时来易借银千两,运去难求米半合。"

例(1)-(2)都是运用了对偶修辞格,上下句的意思相同或相似,表达了同样的情感,也使得这些民间歌谣显得更加整齐美观。

二、排比

排比指把结构相同或相似、语气一致、意思密切关联的句子或句子成分排列起来,使内容和语势增强。[②]例如:

(3)"好心大娘给块饼啊,好心大爷给碗汤啊。好心大嫂给双袜呀,好心大哥给件旧衣裳。"

排比是一种富于表现力的修辞格,民间歌谣中的排比多用于叙事抒情,使叙事内容更为丰富,情感表达更为充沛。

三、顶真

顶真是指用上一句结尾的词语做下一句的起头,使前后的句子头尾蝉联,上递下接。[③]例如:

(4)"梆梆梆,卖豆腐,挑起担子到四户。四户人不多,挑起担子到盐窝。盐窝水太咸,挑起担子到齐都。齐都地太薄,挑起担子到下河。下河人眼精,挑起担子到马营。马营村太多,挑起担子到西坨。西坨地面苦,挑起担子到新户。新户人太牛,挑起担子到六扣。六扣吹喇叭,挑起担子到薄家。"　　　　　　　　　　　　　　　　　(《卖豆腐》节选)

例(4)采用的修辞属于衔尾式顶真,即用上一句结尾的词语做下一句的开头,词语

---

① 唐松波、黄建霖. 汉语修辞格大辞典 [M]. 北京:中国国际广播出版社,1989:229.

② 黄伯荣、廖旭东. 现代汉语 [M]. 北京:高等教育出版社,2002:266.

③ 黄伯荣、廖旭东. 现代汉语 [M]. 北京:高等教育出版社,2002:270.

"四户""盐窝""齐都""下河""马营""西坨""新户""六扣"都做上一句结尾,同时做下一句的开头,内容环环相扣,给人以回环复沓的感受。

四、反复

反复指为了突出某个意思、强调某种感情,特意重复某一语言部分的辞格。[①] 反复修辞格在黄河口民间歌谣中使用比较多,特别是在号子中使用更为频繁。反复这一修辞手法体现了听觉上的响应关系,呈现出一种优雅动听、叮当有声的艺术效果,令人回味无穷。例如:

（5）大家伙都开咧！咱们就使劲干哎！哎咳哎咳呦,哎咳哎咳呦,哎咳哎咳呦！

（《夯号》节选）

例（5）中,"哎咳哎咳呦"反复出现,铿锵有力,呈现了人们在劳动中同心协力加油干的盛大场面。

（6）妈妈娘你好糊涂,奶妈娘活了四十五,做出个事来真嘎咕,妈妈娘你好糊涂。哎咳哎咳依呀,哎咳哎咳呦,妈妈娘你好糊涂。 （《别再去缠脚》节选）

例（6）中,"妈妈娘你好糊涂"反复出现,表达了年轻姑娘对缠足这一封建陋习的深恶痛绝和强烈抗议,感情真挚浓烈。

（7）一条扁担,咳儿呀呼咳呀,两头弯弯,咳儿呀呼咳呀。……打走日本鬼儿,咳儿呀呼咳呀,才能保平安,咳儿呀呼咳呀。 （《扁担号子》）

例（7）中"咳儿呀呼咳呀"多达10次,表现了人们用实际行动积极支援抗日的情形,非常生动。

五、比喻

比喻就是打比方,用本质不同又有相似点的事物描绘事物或说明道理的辞格。[②] 例如:

（8）"一支桃花向阳开,好像芙蓉出水来。"

（9）"我是你的连心肉,不该逼俺把脚裹。"

例（8）—（9）中,将"桃花"比作"芙蓉"、"我"比作"连心肉",形象生动。

六、铺排

铺排是铺陈、排比的简称,它将一连串内容紧密关联的景观物象、事态现象、人物形象和性格行为,按照一定的顺序组成一组结构基本相同、语气基本一致的句群。[③] 例如:

（10）一心敬,两相好,三桃园,四季来财,五魁首,六六大顺,七是巧,八仙寿,快喝

---

① 成伟钧等. 修辞通鉴 [M]. 北京:中国青年出版社,1991:616.

② 黄伯荣、廖旭东. 现代汉语 [M]. 北京:高等教育出版社,2002:240-241.

③ 孙丽莎枣庄民间歌谣研究 [D]. 陕西师范大学硕士论文,2015:47.

清,十全到。

（11）正月里来正月正,……男女老少先送粪,……。二月里来草芽青,合伙养牛把地耕。……。三月里来三月三,家家户户都种棉。……。四月里来四月八,……大家一起把苗挖。……最后接着薅谷芽。五月里来小麦熟,……割的割来收的收,……。六月里来人了伏,大门小户把棉锄,……。七月里米秋风凉,……按时把节把麦耩。八月里来八月八,……拾回家来好纺织。九月里来九重阳,工农青妇还是忙。……。十月里来喜洋洋,男女老少把学上。……。十一月里天气寒,民兵天天把武练。……。十二月来正一年……拥军工作抓上手,……。　　　　　　《十二月里月月忙》

铺排按照数字(如例10)、时间(如例11)顺序排列,格式整齐,整齐美观,节奏的匀称,朗朗上口,易于记诵。

七、设问

设问即无疑而问,自问自答,以引导读者注意和思考问题,也就是明知故问。[①]例如:

(12)甲:正月里什么花人人都爱? 什么人手牵手同下山来?

乙:正月里迎春花人人都爱,梁山伯祝英台同下山来。

设问在民歌对唱形式中非常多,黄河口民间歌谣中也很常见,目的就是叫人思考,引人入胜,给人以启迪。

八、起兴

先说别的似乎无关的事,再引出要说的事,叫起兴。起兴一般限于诗歌韵文,早在诗经中就已大量运用,是我国传统诗歌的表现手法。[②]黄河口民间歌谣中也使用到了起兴这一古老的修辞格,兴句一般都是当时当地的景或物。例如:

(13)"桃叶尖,杏叶圆,我想好友大半年。"

这句起兴是用来烘托情景的,用当时当地的景物"桃叶、杏叶"烘托对好友的思念之情。

(14)"萤火虫,夜夜红,公公挑担卖胡葱。"

这句起兴用当时当地的景物"萤火虫,夜夜红"的特点来衬托公公的勤劳。

(15)"一对花生一对钱,计划生有争模范。一对火烧一对枣,计划生有搞得好。"

李维琦指出,起兴与后文有这样那样的联系,这种联系有的比较明显,有的比较隐晦,还有一些一时看不出来,看到的只是它们的押韵关系。例中的起兴属于押韵关系,"钱"与"范"押韵,"枣"与"好"押韵。

苏义生认为:"语言、修辞、文化三者之间,是彼此投射、相互途释、互动共生、相得裨益、互为推手的关系。语言是修辞生成的基础,文化是修辞出生的娘胎,语言是文化的

---

① 黄伯荣、廖旭东.现代汉语[M].北京:高等教育出版社,2002:280.

② 李维琦.修辞学[M].长沙:湖南师范大学出版社,2012:167.

符号,文化则是二者的管轨,修辞是二者存在的映射方式。"① 可见,歌谣语言中修辞的运用离不开文化的积淀,同时修辞也是地域文化的一种映射。如《别再去缠脚》(见例6)这一歌谣反映了黄河口地区在那个年代仍保留着妇女缠足的封建陋习,而反复修辞格在这首歌谣中的运用,"妈妈娘你好糊涂"的反复出现,表现了受害者对这一陋习的强烈抗议,这也正是对黄河口地区新一代年青女性面对封建残余陋习勇于反抗这一精神的映射。再如《十二月里月月忙》(见例11)运用铺排的修辞格,描写了人们从一月到十二月所从事的"送粪、耕地、种棉、挖苗、薅谷芽、收割、锄棉、秋耕、耩麦、收棉、上学、练武、拥军"一系列农业生产、学习、支援抗战等活动,娓娓道来,不厌其烦,表现了黄河口劳动人们勤劳、上进、质朴的性格特征。同时,多种修辞手法的运用,增强了民间歌谣的表现力,增添了文采,使之更加生动,更具有感染力。

第三节　灵活自由的韵律结构

一、押韵形式

较之格律诗,民间歌谣的押韵,灵活多样,形式自由,多是句尾押韵,黄河口民间歌谣的押韵方式也是如此。主要有:首句、次句押韵,隔第三句而第四句押韵;偶句押韵;奇数句押韵,偶句不押韵;句句押韵;仅第一二句押韵;换韵等。例如:

(1)走的是宽快道儿,听的是鸭兰子叫,吃的是草种子,喝的是驴马尿。

(《垦荒歌》)

《垦荒歌》是首句、次句押、第四句押韵,而第三句不押韵。这一押韵方式在黄河口民间歌谣中最为常见。

(2)辞了灶,年来到,闺女要花儿要炮。老婆要个大皮袄,老头要顶新毡帽。

(《过小年》)

《过小年》是句句押韵,一韵到底。

(3)一九四零年,来了八路军,婚姻要自主,全靠咱个人。对象自己相,中意又称心。过上好日子,别忘八路军。　　　　　　　　　　　　　　(《自主婚姻》)

《自主婚姻》是偶句押韵,奇数句不押韵。

(4)小白菜呀芯儿黄呀,两三岁上没了娘啊……旧衣裳。　　(《小白菜芯里黄》)

首句、次句连押韵,隔第三句而第四句押韵,但第五至十五句偶句押韵。

(5)一个老头七十七,四年不见八十一,会弹琵琶拉弦子,会吹喇叭和小笛儿。

(《酒令》)

《酒令》是第一、二句押韵,其他不押韵。

(6)三月里来三月三,姐妹穿上新衣衫,村外看春天。众位姐妹出了村,村外一片好

---

① 苏义生.原生态歌谣修辞研究 -- 以云南诸民族歌谣为例 [D].复旦大学,2013:39.

春景,真是喜煞人。 　　　　　　　　　　　　　　　　　　　　　　　(《看春天》)

《看春天》的韵脚出现了换韵,第一、二、三句押同一韵,第四、六句押另一韵。

(7) 正月里来正月正,集体生产大变工。男女老少先送粪,倒的倒来平的平。

　　　　　　　　　　　　　　　　　　　　　　　(《十二月里月月忙》第一节)

《十二月里月月忙》中的第一节是第一、三句押韵,第二、四句不押韵。

二、句式结构

黄河口民间歌谣是一种有节奏韵律的韵文诗歌,句式和节拍多样,展现了丰富的节奏美。从所搜集到的黄河口民间歌谣来看,主要有杂言体和齐言体两类,其中杂言体为主。

杂言体歌谣有三七言、五七言、四九言、二四言,以及大量一、三、五、六、七言混杂或三、七、八、九言混杂,或三、五、六、七、九言混杂,其中三七言最为常见,例如《孝顺子》:"孝顺子,记事长,娶了媳妇不忘娘。让老娘,住新房,晚上睡到炕头上。想吃什么做什么,天天穿上新衣裳。"

齐言体主要有三言、四言、五言、六言、七言。三言歌谣如《留分头》:"留分头,不戴帽,镶金牙,自来笑,穿皮鞋,走刚道,戴手表,挽一鞠。"其停顿方式是 1＋2,无一虚字,节奏感强。武鹰(1994)认为三言歌谣大概是由古代四言民间歌谣去掉衬字、虚词演化而成。

四言歌谣如劳动歌《养》:"养猪养羊,有肉有粮,养鸡养鸭,利国利家。"其停顿方式是 2＋2,这首歌谣表达了人们对劳动的赞美之情,也隐含了人们对生活哲理的领悟。

五言歌谣如《做生意》:"要想多赚钱,生意货物全。又要态度好,还要账算圆。"其停顿方式为 2＋3,很好地阐述了做生意的技巧。五言歌谣相对于三言、四言来说,更富有变化,更能表现丰富的内容。

六言歌谣如游戏童谣《老雕转转》:"老雕老雕转转,公鸡母鸡孵蛋。你不给我打水,我不给你做饭",运用了 2＋2＋2 和 4＋2 的停顿方式,此类歌谣在今天流传的民间歌谣中也很少见。

七言歌谣多为生活歌和劳动歌,较之五言歌谣能表达更为丰富的内容。如《高利贷》:"恶霸地主真贪财,年年放债把民害,利上加利驴打滚,反对这样高利贷。"其运用了 4＋3 的停顿方式,这也是大多数七言歌谣的停顿方式。

总之,黄河口民间歌谣使用了大量朴实生动的方言词语,运用了丰富多样的修辞手法,并采用了灵活自由的韵律结构形式,从而具有了朴实美、修辞美和韵律美,并将黄河口独特的地域文化生动地展现了出来。

第七章
黄河口民间歌谣的社会价值

第一节　黄河口民间歌谣的社会价值

　　鲁迅在《中国小说的历史变迁》中说:"诗歌起源于劳动和宗教。其一,因劳动时,一面工作,一面唱歌,可以忘却劳苦,所以从单纯的呼叫发展开去,直接发挥自己的心意和感情,并偕有自然的韵调;其二,是因为原始民族对于神明,渐因畏惧而生敬仰,于是歌颂其威灵,赞叹其功烈,也就成了诗歌的起源。"① 俄国革命家、马克思主义理论家普列汉诺夫在《没有地址的信》中提到:"在原始部落那里,每种劳动有自己的歌,歌的拍子总是十分精确地适应于这种劳动所特有的生产动作的节奏……不仅如此,生产过程的技术操作性质,对于伴随工作的歌的内容,也有着决定性的影响。研究劳动、音乐和诗歌的相互关系,使毕谢尔得出这样的结论:'在其发展的最初阶段,劳动、音乐和诗歌是极其紧密地互相联系着的,然而这三位一体基本组成部分是劳动,其余组成部分只具有从属的意义。'"②

　　可见,民间歌谣是伴随着人类的生产劳动而产生的,与人类社会生活紧密相关,并具有鲜明的社会文化功能。它不仅具有社会价值,还具有历史文化价值。

一、社会价值

(一)生产劳动方面的价值

1.协调动作

　　原始社会,人们进行集体劳动时,为了协调步调、统一节奏,自然而然地创造了劳动歌。鲁迅所说的"杭育杭育派",就是早期民间歌谣的萌芽,这种功能从原始社会开始,至今沿用。黄河口地区的劳动号子、夯歌等都具有统一动作、减轻劳动强度的功能。例如《夯号》(二):

---

① 鲁迅.中国小说的历史变迁 [M].北京:中国文史出版社,2002:5.
② [俄] 普列汉诺夫著,曹葆华译.没有地址的信 [M].北京:三联书店,1964:12.

（领）大家齐使劲儿啊！　　　　（合）哎嗨！

（领）咱们来打夯啊！　　　　　（合）哼哼

（领）夯打结实呦么！　　　　　（合）呦儿呦吧！

（领）才能建好房啊！　　　　　（合）哼哼！①

2. 提高效率

在动作较单调、体力负荷较重的持续劳动中，号子可以调节劳动者的呼吸，促进大脑皮层兴奋，从而驱除疲劳，振作精神。有些以现实生活为题材的生活歌和以爱情生活为主题的情歌，它们节奏不如号子、夯歌强烈，同样抒发着劳动者的感情，起到鼓舞劳动热情、提高劳动效率的作用。例如《治黄硪号》，大家跟随号子的节奏一起劳作，减轻疲劳、提高生产效率：

（1）一根（那）木桩（嗨 呦号 嗨呦嗨）　　（合）（嗨 嗨　嗨 嗨 嗨嗨嗨嗨 嗨）

（2）扛起（那）铁锤（嗨 呦号 嗨呦嗨）　　　　（嗨 嗨　嗨 嗨 嗨嗨嗨嗨 嗨）

3. 传授经验

劳动是歌谣产生的源泉之一。无论是田野的农耕，还是江河湖海里的捕捞，亦或是其他各种劳动场合，总能听到劳动者的歌声。劳动民谣除了能提高协调动作、劳动效率、缓解劳动疲劳，也有交流、传授生产知识与经验的重要作用。例如《观天歌》以歌谣的形式将正月初一至十三的天象与人畜与粮食的收成结合，这样的观天经验生动有趣又易于掌握：

> 农夫种养要观天，
>
> 正月初一到十三。
>
> 不收阴天收晴天，
>
> 丰歉全在这里边。
>
> 一收鸡来二收狗，
>
> 三收猫来四收鼠。
>
> 五收马子六收羊，
>
> 初七收人八收谷。
>
> 九收果来十收菜，
>
> 十一棉花十二瓜。
>
> 十三晚上收豆荚。②

再如《四季歌》，老百姓将千百年来所得的种植经验编进歌谣中，通过歌谣的传诵人们可以轻而易举地根据节气掌握谷物的种植时间：

> 清明高粱谷，
>
> 芒种三日见麦茬。

① 东营市史志办公室. 岁月如歌——东营老民谣 [M]. 北京：方志出版社，2018：2.

② 东营市史志办公室. 岁月如歌——东营老民谣 [M]. 北京：方志出版社，2018：84.

> 白露早,寒露迟,
>
> 秋分麦子正宜时。①

4. 坚定信心

在艰难岁月的时期,人们希望摆脱贫困、远离灾难,追求幸福生活的美好愿景往往通过歌谣体现出来。这些歌谣中有面对恶劣自然力的积极态度,坚定了人民的劳动信心;也有面对恶势力的执着精神,鼓舞了人民的斗争意志;还有面对重重困难的毫不退缩,激励人民的全力拼搏。例如黄河口民谣中的《治黄夯歌》(二)鞭策了人民治理黄河,建设家乡的信念:

> 五人一架夯啊,两人一抬筐呀。
>
> 天亮就上工呀,干到看不见呀。
>
> 硪子高高起啊,落下很狠地夯呀。
>
> 上三打成二呀,一定超质量呀。
>
> 不怕脸晒黑呀,不怕胡子长呀。
>
> 完成任务后呀,早日回家乡呀。
>
> 见了老婆孩啊,见了爹和娘呀。
>
> 吃上团圆饭呀,喝上团圆汤呀。
>
> 老少都欢乐呀,生产挂心上呀。
>
> 齐心又协力呀,建设新家乡呀。②

又如《叭勾,乒乓》,反映了坚定了人民抗战胜利的信心:

> 叭勾打一个,
>
> 乒乓打一双。
>
> 日久又天长,
>
> 鬼子一扫光。③

(二)社会生活方面的价值

1. 认识社会

黄河口歌谣是黄河口劳动人民自己创作的,它生动地反映了每一个社会历史阶段人民的生活状态,是人民悲欢离合的真实记录,有很高的认识社会的价值。例如,新中国成立后的一些新生活歌谣《庆祝新年》《火把舞》《新年秧歌小调》等反映了人民翻身做主人的喜悦以及乐观向上的生活态度。特别是《庆祝新年》反映了老百姓从解放前的受尽压迫到建国后翻身做主人积极建造富足生活的巨大变化,从一个侧面反映了那一历史阶段的时代变迁:

---

① 东营市史志办公室. 岁月如歌——东营老民谣 [M]. 北京:方志出版社,2018:61.

② 东营市史志办公室. 岁月如歌——东营老民谣 [M]. 北京:方志出版社,2018:66.

③ 东营市史志办公室. 岁月如歌——东营老民谣 [M]. 北京:方志出版社,2018:137.

……

想起从前真心酸,

怎不叫人泪涟涟。

反动派来真凶残,

拿人当作狗来看。

要不是,共产党,

谁来帮咱把身翻。

你做工来有工厂,

我种地来也有田。

不分男女和老幼,

都能捞着把书念。

猛学习,

多生产,

建设新中国不费难。

……①

2. 控诉不平

以歌谣揭露反动统治,抨击旧的社会制度,追寻压迫和剥削的社会根源……从《诗经》的《伐檀》《硕鼠》开始,一直延续到现代,讽刺时政、揭露黑暗社会现实的民歌世代不绝。黄河口民间歌谣中也有很多民谣抨击现实,控诉人生。例如《高利贷》《短工谣》等揭露了地主阶级压迫、反映了下层贫民的苦难生活:

短工谣

(一)

想吃短工饭,

拿着命来换。

半夜就烧火,

鸡叫就吃饭。

上坡赛小跑,

掌柜的还嫌慢。

待要上犒劳,

两人一瓣蒜。②

又如:《老百姓叫苦连天》"区公所白面大烟,乡公所炒炒煎煎,村公所跑跑颠颠,老百姓叫苦连天。"《三大害》"利津洼,三大害,土匪、蚂蚱、岳光霱。"等歌谣以讽刺的艺术手法揭露了为官者的暴掠。黄河口域内百姓通过歌谣的传唱作为斗争的武器,以此

① 东营市史志办公室. 岁月如歌——东营老民谣 [M]. 北京:方志出版社,2018:309.

② 东营市史志办公室. 岁月如歌——东营老民谣 [M]. 北京:方志出版社,2018:21.

表现对当局治理者的不满与批判。

3. 革命号角

黄河口民歌是革命的号角，是战鼓和武器，具有强烈的战斗性，在革命斗争中往往起宣传鼓动作用。如《我劝丈夫把军参》《骨头硬的跟上他》《你拿刀，我拿枪》等民歌非常鲜明地表明了抗日的决心和拥护共产党的强烈情感。

骨头硬的跟上他

商恩波，顶呱呱，

民族英雄就是他。

带领青年干主力，

骨头硬的跟上他。

商宗胜，是好汉，

决心去把主力干。

妻子送他去带头，

参军参战是模范。[①]

4. 抒发情感

《乐记》有言："音之所由生也，其本在人心之感于物也。是故其哀心感者，其声噍以杀；其乐心感者，其声啴以缓；其喜心感者，其声发以散；其怒心感者，其声粗以厉；其敬心感者，其声直以廉；其爱心感者，其声和以柔。六者非性也，感于物而后动。"音乐表现情感，不同的音乐是不同情感的表现形式，音乐的动人力量来自它所表现的情感。

黄河口歌谣由人民的口头创作，它最贴近生活，直接表达了人民的思想感情和意志愿望，也如音乐一样，是人们抒发情感的工具。例如《人民救星毛泽东》抒发了黄河口人民对毛泽东信任与爱戴的情感：

人民救星毛泽东，

如同天上北斗星。

智略广大定方向，

咱们一定跟他行。

跟他行，跟他行，

人民救星毛泽东。[②]

而《日本鬼》抒发了黄河口人民对日本侵略者的痛恨以及仇视的情感，盼望着将日本侵略者赶出中国的美好愿景：

日本鬼，喝凉水儿。

打了罐，赊了本儿。

---

① 东营市史志办公室. 岁月如歌——东营老民谣 [M]. 北京：方志出版社，2018：146.
② 东营市史志办公室. 岁月如歌——东营老民谣 [M]. 北京：方志出版社，2018：305.

坐火车,翻了滚儿。

坐汽车,轧断腿儿。

坐轮船,沉了底儿。

坐飞机,漫天黑儿,

摔成泥,变成鬼儿。

打中国,伸了腿。①

（三）日常生活价值

1. 教化功能

歌谣如水,润物无声。孔子说:"移风易俗,莫善于乐;安上治民,莫善于里。"其中所渗透的就是民俗文化在社会安定和控制中的作用。荀子说:"论礼乐,正身礼;广教化,美风俗。"也是强调利用歌谣、音乐等艺术形式,来塑造人民大众的品质和行为。黄河口民间歌谣中凝结着黄河口人民世代相传的集体智慧,贮存丰富的劳动、生活经验,蕴含深刻的精神内涵,不仅能增长人民的知识,也能起到宣传动员作用,还能启迪心智,陶冶的道德情操,发挥重要的教化作用。

例如《渤海兵工厂工人诗歌》以歌谣的形式将六车一组的劳动模范——殷景行的事迹宣传,很好的发挥其模范带头作用:

渤海兵工厂工人诗歌

（一）

六车一组殷景行,工作责任实在强。

星期休工他不歇,先把机械擦停当。

有时机器出毛病,想尽办法不耽工。

到了钟点把工住,他对机器来加工。

别的同志去吃饭,他还正在流大汗。

努力修,努力干,快把机器修理完。

同志们都来把工上,机器也新开了工。

为了不把工来耽,个人利益放一边。

全心全意为革命,真是工作好模范。②

黄河口民间歌谣是黄河口人民宝贵的精神食粮,很多黄河口人的人生启蒙教育是从听长辈唱儿歌开始的。儿童从黄河口歌谣中学到的东西也是多方面的,包括劳动知识、生活知识、道德情操、审美感情等等。从黄河口民间儿歌中,儿童接受了热爱劳动、谦虚、勇敢等良好的道德教育,有助于培育黄河口儿女乐观、豪爽、幽默、拼搏等性格特征。例如《大公鸡,红头冠儿》潜移默化中对儿童起到勤劳早起,各司其职,自己的事情自己做的教化作用:

---

① 东营市史志办公室. 岁月如歌——东营老民谣［M］. 北京:方志出版社,2018:335.

② 东营市史志办公室. 岁月如歌——东营老民谣［M］. 北京:方志出版社,2018:158.

> 大公鸡,红头冠儿,
>
> 喔喔叫,报明天儿。
>
> 哥哥起来去念书,
>
> 姐姐起来绣花边儿;
>
> 爹爹起来去种地,
>
> 妈妈起来去做饭儿;
>
> 娃娃起来找衬衫,
>
> 自己的衣服自己穿。①

又如《端盆盆儿》教导儿童养成讲卫生的好习惯:

> 端盆盆儿,
>
> 倒水水儿。
>
> 刷牙洗脸涮手巾儿,
>
> 擦擦手儿,
>
> 抹抹嘴儿,
>
> 娃儿干净长精神。②

《买长果做瓣瓣》不仅教会孩子分享,也引导儿童与自然万物和谐共生:

> 小大的孩,都来玩,
>
> 买长果,做瓣瓣。
>
> 你一瓣,我一瓣,
>
> 剩下这瓣喂小燕。
>
> 喂的小燕肥肥的,
>
> 牵着小燕赶集去。③

再如《打面罗》春风化雨一般教育儿童尊敬、孝顺老人:

打面罗(一)

> 打罗罗,卖罗罗,
>
> 打下麦子蒸馍馍。
>
> 蒸下馍馍请婆婆,
>
> 请来婆婆哪里坐。
>
> 请来婆婆炕上坐,
>
> 馍馍蒸了一大垛。④

---

① 东营市史志办公室. 岁月如歌——东营老民谣 [M]. 北京:方志出版社,2018:325.
② 东营市史志办公室. 岁月如歌——东营老民谣 [M]. 北京:方志出版社,2018:324.
③ 东营市史志办公室. 岁月如歌——东营老民谣 [M]. 北京:方志出版社,2018:326.
④ 东营市史志办公室. 岁月如歌——东营老民谣 [M]. 北京:方志出版社,2018:328.

2. 娱乐功能

亚里士多德说:"人类天赋具有求取勤劳服务的同时又愿获得安闲的优良本性;这里我们当再一次重复我们全部生活的目的应是操持闲暇。"[①] 民间歌谣具有抒发情感,调节身心的功能,自然具备满足劳动人民娱乐的功能。作为一种民间的语言艺术,娱乐功能是民间歌谣最广泛的功能。黄河口民间歌谣源于社会劳动、传唱于田间地头,体现着人们生活的各个方面,在黄河口人民的茶余饭后、田间地头、节日庆典、婚丧嫁娶等场合发挥着重要的娱乐作用。例如《拾粪谣》中拾粪增产中劳动的快乐:

> 公鸡叫,天放亮,
>
> 背着粪筐出了庄。
>
> 冒着风雪和寒霜,
>
> 庄里庄外走儿趟。
>
> 大道小道走儿遭,
>
> 回家就是一粪筐。
>
> 勤土坡,懒赶集,
>
> 出门粪筐背肩上。
>
> 一年多拾几车粪,
>
> 明年多打几石粮。[②]

又如《日子有劲头》中书记带领社员勤劳锄地以盼丰收的快乐:

> 东边太阳刚出头,
>
> 社员早就到地头。
>
> 摆开一列银锄头,
>
> 书记锄地在前头。
>
> 锄得谷子夺拉头,
>
> 玉粒大得手指头。
>
> 白饼子,窝窝头,
>
> 日子过得有劲头。[③]

再如《结婚喜歌》中张灯结彩、喜气洋洋的快乐:

> 两个红砖门上压,
>
> 对联贴在大门庭。
>
> 一对花轿四人抬,
>
> 灯笼火把两边排。
>
> 轿里坐的丞相女,
>
> 轿杆一颤走起来。

---

① 亚里士多德. 吴寿彭译. 政治学,北京:商务印书馆,1965:410.

② 东营市史志办公室. 岁月如歌——东营老民谣 [M]. 北京:方志出版社,2018:84.

③ 东营市史志办公室. 岁月如歌——东营老民谣 [M]. 北京:方志出版社,2018:82.

> 两面锣鼓开着道，
> 旗罗伞扇后跟着。
> ……①

最具娱乐性的当属民间歌谣中的儿歌，所有儿歌的创作和传承都以娱乐、游戏为根本。黄河口民间歌谣中的儿歌鲜明的展现了其娱乐功能，并体现在孩童的日常生活之中，如《摸虫虫儿》读来朗朗上口，满足了孩童边做游戏边念儿歌的需要：

> 这汪儿(手心)青，
> 这汪儿(小臂)红；
> 这汪儿(大臂)攀梯子，
> 这汪儿(腋窝)摸虫虫儿。②

再如《盘脚年》：这是一种娱乐性极强的童谣游戏，参与者多是坐在炕上，围坐在一起，小脚丫一人隔一个盘在一起。其中一个人用手指指点点唱儿歌，最后一个字落到谁的小脚丫上，就用手在他的小腿上轻轻抓痒，痒的笑了，就让他把脚拿走，最后剩下的为赢。

> 盘脚年
> 盘、盘、盘，
> 盘脚年，
> 脚年花，二百八，
> 灯草，莲花，小脚盘煞。
> 有点钱的买点吃，
> 没有钱的退一只。③

二、历史文化价值

民间歌谣"也是农民长期在观察和生产实践中逐步形成的文化产物。它既是生产经验的总结，又是指导生产的手段，具有明显的传承性。"④

(一)历史事件的传承

黄河口民间歌谣是历代黄河口人民的生活、思想、感情最真实、最全面的反映，有着极其重要的历史价值。它像一面历史的镜子传递着人们的心声，发挥着传承历史的作用。

黄河口民间歌谣有对历史和传说的传承，如《孟姜女送寒衣》《八仙》《谭湘子挂号》《罗成算卦》《串九州》等歌谣通过口口相传的方式使千百年来的传说和历史事件传承

---

① 东营市史志办公室. 岁月如歌——东营老民谣 [M]. 北京:方志出版社,2018:114.
② 东营市史志办公室. 岁月如歌——东营老民谣 [M]. 北京:方志出版社,2018:324.
③ 东营市史志办公室. 岁月如歌——东营老民谣 [M]. 北京:方志出版社,2018:334.
④ 钟敬文主编,民俗学概论 [M]. 上海:上海文艺出版社,1998:41.

下来。这对于研究黄河口的历史的学者提供了部分参考资料。例如：黄河口民间歌谣中的《战三里》为研究黄河口抗日战争,提供了文献资料:

> 战三里硝烟弥漫,
> 杨司令指挥作战,
> 勇士们前赴后继,
> 好男儿热血洒干。
> 攻坚战一昼一夜,
> 成建基溃败逃窜,
> 好日子得之不易,
> 愿英烈安飨成仙。①

(二)民俗文化的传承

"民俗是社会生活的有机组成部分。当它以一种思维形式出现时,它是一种民俗心理、民俗观念;当它以某种行为方式出现时,就构成某种信仰活动或民俗形式;而当它表现在人们口头上时候,在很多情况下,就成了口头创作。"② 黄河口民间歌谣中有40首仪式歌,分四类:节令歌(12首)、婚嫁礼俗歌(11首)、日常礼俗歌(8首)、丧葬礼俗歌(9首)。四类仪式歌分别记录了不同仪式的民俗礼节,很好的促进了民俗文化的传承。例如,婚嫁礼俗歌中《结婚填枕头》不仅道出了结婚填枕头的细节,还饱含着对新人后代的美好祝愿:

> 一对花生,一对钱,
> 计划生育争模范。
> 一对火烧,一对枣,
> 计划生有搞得好。
> 左一把,右一把,
> 少生优有人人夸。
> 左手填,右手拥,
> 孩子成为研究生。
> 枕头上了床,
> 幸福生活万年长。③

又如《结婚喜酒歌》等歌谣反映了黄河口民间婚礼的习俗,不仅利于黄河口婚姻习俗的传承,也为学者、研究者研究黄河口民风民俗提供了良好的范本与素材:

> 这壶酒是好酒,同成酒坊里有。
> 新人端起来,丈夫喝一口。

---

① 东营市史志办公室. 岁月如歌——东营老民谣 [M]. 北京:方志出版社,2018:135.
② 李惠芳. 民间文学的艺术美 [M]. 武汉:武汉大学出版社,1986:143.
③ 东营市史志办公室. 岁月如歌——东营老民谣 [M]. 北京:方志出版社,2018:120.

小鲜鱼,油里烹,支脉河里生,
新人捞起来,丈夫尝尝腥不腥。
这藕是好藕,咱湾里有。
新人敆①起来,新郎咬一口。②

(三)民族精神的传承

黄河口民间歌谣作为民俗文化的一种,从侧面映射着一个民族的民族精神,传承与发展中,有助于人民加深对地域历史文化的认识,增强人民的民族自豪感,激励广大人民爱家乡、爱民族、爱祖国的情感,进而实现民族精神的传承。例如《东营之有》列举了东营地区的特色物产与艺术,读来令人振奋:

黄河水渤海里流,
东营的石油流九洲。
龙居的柳,王营的藕,
史口的肴鸡冒黄油。
车里的筛子,岳家筐,
解家的草鞋下南洋。
时家的吕剧,西商的唱。
戏台扎在炕头上。
东武的铁匠、麻湾的刀,
三角洲的稻谷香花源。
大杜蘑菇,刘家的虾,
成寨腊月接黄瓜。
黄河鲤鱼蟹子肉,
牛奶鲜蛋羊肉汤。③

又如《萤火虫》写出了一家人的自强不息、自力更生,传诵之中,自食其力、自给自足的民族精神得以代代传承:

萤火虫,夜夜红。
公公挑担卖胡葱。
婆婆养蚕摇丝筒,
儿子读书做郎中。
媳妇织布做裁缝,
家中有米吃不空。④

① 敆:方言,持箸(筷子)取物的意思。
② 东营市史志办公室. 岁月如歌——东营老民谣 [M]. 北京:方志出版社,2018:115.
③ 东营市文联. 东营民谚民谣 [M]. 北京:中国文联出版社,2002:35.
④ 东营市史志办公室. 岁月如歌——东营老民谣 [M]. 北京:方志出版社,2018:88.

再如《太阳红》写出了黄河口人民对于对于毛主席带领的共产党,增强了人民的民族自豪感,也将吃水不忘挖井人的民族精神代代相传:

> 毛主席,太阳红,
> 劳动人民大翻身,
> 中国古稀闻。
> 共产党,为人民,
> 减租赎地翻了身,
> 胜过父母心。
> 拥护毛主席,
> 拥护八路军,
> 吃水不忘掏井人。[①]

(四)地方方言的传承

民间歌谣常常用日常口头语创作,很多歌谣以方言形式表现出来,如《郊天歌》"一代强,真不离,门前竖上状元旗。""真不离"就是方言,指很好的意思。又如《打面罗》"小驴拉磨不住歇,掫不上麦子,研坏了磨,误了奴家打面罗。""掫"是方言"舀"的意思。再如《扁豆花》中"娘啊娘,送俺的,俺不吃这窝囊气。""送俺的"也是方言,意思是要娘送她走。

方言代表着一个地区的文化特色。民间歌谣作为一种特殊的载体,传承着原汁原味的黄河口方言,是研究黄河口人民口头语言的第一手材料,也是研究黄河口地区方言、古代语言及古今语言变迁的最重要的资料之一。

第二节 黄河口儿歌对儿童发展的价值

一、儿歌与儿童语言发展

卢梭说人是"语言的动物"。人们在语言中倾听、感受,沟通、交流,实践、创造。人通过语言的方式拥有世界,在语言中理解世界和自我。

儿歌为儿童语提供了一个蕴含丰富特质的语言宝库,为儿童的语音发展、词汇发展乃至语感的建构和提升提供了丰富的养料。

(一)儿歌与儿童的语音发展

儿童获得感知语言存在物最早的形式是语音。亲近语音是儿童对语言世界作出的最直接、最本质的生命感应。

---

① 东营市史志办公室. 岁月如歌——东营老民谣 [M]. 北京:方志出版社,2018:129.

朱光潜指出:"小儿起初学语言,到喉舌能转动自如时,就常常一个人鼓舌转喉做戏。他并没有与人谈话的必要,只是自觉这种玩意所产生的声音有趣。"① 同样,加登纳也指出"幼儿最迷人、也最显露的行为,就是他们具有戏耍语言的倾向"。他发现,儿童长到两岁时,就"懂得了他语言中所允许的声音组合,所偏爱的辅音和元音安排",而且"他发明恰当的与不恰当的声音组合,以他能想到的各种方式去并置它们"②,实际上,这种"声音组合的并置",恰是儿童戏耍语音的游戏。

问题在于,儿童为什么会钟情于语音?俄国儿童文学作家朱可夫斯基曾有意识地观察了儿童的语音游戏,并进行记录和评价。儿童们在进行声音实验时,按规则完成了以下奇妙的语音式样:

科希　米尼,科希　科埃

丽巴　库希,丽巴　科埃

洛卡　库库,苏卡　科埃

丽巴　库西亚,苏卡　科埃

"这段东西以成人的眼光来看是毫无意义的,但这个儿童,如同诗人一般,专注于规则的、撞击的节奏,专注于重音与轻音的交错。"③ 经过朱可夫斯基的分析,我们能够看出,儿童对于语音中有规律地出现的节奏,因语音的轻重交错而形成的起伏变化特别感兴趣。朱可夫斯基把儿童的这种对语音的特殊兴趣和感应能力称为儿童与生俱来的"诗感"。④ 前苏联心理学家柳布林斯卡娅的观点也与此相呼应:"儿童对声音的感受性在其感觉的发展中具有独特的作用。在这里最为重大的意义,与其说是对声音强度的辨别,也就是听觉的绝对敏锐度,不如说是对声音的质量,包括对它的高度、节奏、音色以及对它的配合(这是人类言语发声所特有的)等等的差别感受性的发展。"⑤

儿歌是一种特殊的诗歌体裁,它的二重性是它与小说、散文、戏剧等非诗歌体裁最大的差别:一方面,它属于一种语言艺术,另一方面,更重要的是它也是一种音响艺术。刘濂在《律吕精义·内篇》中说"诗者,声音之道也"。对儿童来说,儿歌作为"诗者"比之成人更能发挥它"声音之道"的作用。

儿歌是最早为儿童所接受和喜爱的"诗者"。它之所以能为儿童所接受和喜爱,在于它句式简短、节奏明快,而且韵律和谐,能契合儿童"天生的诗感"。周作人说,儿童到了半岁时,便能够分辨声音,一旦听到有韵或有律之音,就会甚感愉悦。而"儿歌之用,亦无非应儿童身心发展之度,以满足其喜音多语之性而已"。⑥ 有人曾经给 16 个月大的幼儿念诵儿歌:"板凳板凳矮矮,菊花菊花开开……"听的过程中,孩子自己就举起小手,

---

① 朱光潜. 朱光潜全集(第 3 卷)[M]. 合肥:安徽教育出版社,1987:45.

② [美]H·加登纳. 兰金仁译,艺术与人生的发展 [M]. 北京:光明日报出版社,1988:181.

③ [美]H·加登纳. 兰金仁译,艺术与人生的发展 [M]. 北京:光明日报出版社,1988:259.

④ [美]H·加登纳. 兰金仁译,艺术与人生的发展 [M]. 北京:光明日报出版社,1988:259.

⑤ [苏]柳布林斯卡娅. 李子卓等译,儿童心理发展概论 [M]. 北京:人民教育出版社,1951:282.

⑥ 周作人. 儿童文学小论 [M]. 石家庄:河北教育出版社,2002:36.

仿佛在打着拍子，与当他听到喜欢的音乐时所呈现出来的神态与动作一样。儿歌与音乐的摇篮曲相似，婴儿跟随摇篮曲的节奏进入梦乡，就是对轻柔舒缓的语音旋律的生命感应。

让我们来看看黄河口儿歌《百岁歌》里的节奏和韵律：

> 姑的裤，
>
> 姨的袄，
>
> 婶子的帽子戴到老。
>
> 姑穿上，
>
> 姨提上，
>
> 孩子活到九十上。[①]

这首儿歌从 3 字结构扩展到 7 字结构，然后急转直下，又回落到 3 字，最后以 7 字结尾。就在这起起落落的回环中，无论是念，还是唱，韵律都十分整齐协调，节奏都非常欢快明朗，一进入这首童谣的语音世界里，儿童就自然而然地随兴而唱，合拍而舞。

我们再来看黄河口的另一首儿歌《冻死老鳖》：

> 下雨下雪，冻死老鳖。
>
> 老鳖告状，告着和尚。
>
> 和尚念经，念着先生。
>
> 先生打卦，打着蛤蟆。
>
> 蛤蟆凫水，凫着老龟。
>
> 老龟把门，把着四邻。
>
> 四邻看枣，看着老宝。
>
> 老宝放羊，放着他娘。
>
> 他娘爆豆，爆着小舅。
>
> 小舅挑水，挑两根兔子腿，
>
> 一根做门槛，一根做火棍。[②]

这首儿歌，将圆转自如的声音合在一起产生一种说不出来的巧妙。那么，这首儿歌圆转自如的声音怎样制造出这种说不出来的巧妙，而又巧在何处，妙在何处呢？我们发现，首先，这首儿歌的每两句组成一个单位，两两成对："下雨下雪"和"冻死老鳖"成对；"老鳖告状"和"告着和尚"成对，直到"他娘爆豆"和"爆着小舅"仍然成对。"小舅挑水"虽然与"挑两根兔子腿，一根做门槛，一根做火棍"相连，但字数完全不相称了，而儿歌往往以这种突然改变字数的方式结尾。这样大致四字对四字的结构形态，形成了整首儿歌的特有节奏，让原本互不联系的"一盘散沙"按这样的一个共同的模型构成了一个玲珑可玩的"音韵沙雕"。其次，每两句末字押韵："雪"和"鳖"押韵，直至最后两句末字"豆"和"舅"，仍然押韵。两句一韵，一韵一换，韵韵相连，一串音韵如同滚珠一般倾

---

① 东营市史志办公室. 岁月如歌——东营老民谣 [M]. 北京：方志出版社，2018：326.

② 东营市史志办公室. 岁月如歌——东营老民谣 [M]. 北京：方志出版社，2018：330.

注而下,大珠小珠落玉盘,确实有一种"说不出来的巧妙"。再次,除开头两句以外,整首儿歌一直使用"顶针"格,下句起词完全和上句末词相同,下句行进的方向则完全由上句末词决定。"顶针格作为一种让邻接的句子头尾相联而具有上递下接趣味的一种措辞法"(陈望道),其特殊的链式结构在"上递下接"中呈现气韵流注、连贯而下的情势。上述"押韵"和"顶针"统一在一首儿歌里,音韵谐和,且句式整齐,儿童念唱这样的儿歌,必然能起到形成和增强韵律感、节奏感的作用。

由此可见,儿歌世界的精髓是其声音形态中的节奏与韵律。虽然儿歌中的节奏和韵律本是一种客观存在,但还是需要通过儿童的耳朵听出来,"节奏感的主观因素是内在的和本质的"。如果某人在这一方面迟钝,"那么即使客观因素再好,对他而言,也无甚意义甚至全无意义"①。节奏感在儿童和儿歌的音韵碰撞中形成,是一场儿童的生命系统与儿歌的语音系统之间互相对流、互相合奏的运动。

儿歌基本押韵,这与儿童的语音接受图式相吻合;儿歌一般节奏和美,否则难以恒久流传下去。在儿童的语音发展过程中,儿歌的价值在于向儿童提供"有韵或有律之音"。儿童(尤其是幼儿)正处于身体和心理协调发展的阶段,其感官刚刚踏上社会化(或曰人化)的起跑线,因而会钟情于儿歌这种与生命节奏极为和谐的语音形式。实际上,这也正是儿童对于语音美感的基本体会,儿童从语音到心灵的丰富性都是从这个基点出发而逐步发展起来的。正因如此,周作人在《儿歌之研究》里深刻指出儿初学语,不成字句,而自有节调,及能言时,恒复述歌词,自能成诵,易于常言。盖儿歌学语,先音节而后词意,此儿歌之所由发生,其在幼稚教育上所以重要,亦正在此。"②

(二)儿歌与儿童的词汇发展

儿童心理学研究表明,孩子平均在差不多12个月大时说出最初的词,到6岁的时候,他们大约拥有10000个词汇量。为了取得这一显著成绩,儿童每天需要学会大约5个生词。③ 在这项庞大工程的进程中,词汇的习得来源与习得方式是两个至关重要的要素。儿童词汇习得的语料来源十分广泛,既包括日常生活、儿童读物、影像媒介等,又包括不被人关注的某种来源。习得方式也是多元化的,包括自言自语、日常会话、游戏和视听等。以一种自由快乐的游戏方式为儿童提供了一个符合大部分儿童词汇发展规律的词汇库,是儿歌在儿童词汇发展中最重要的作用,主要表现在以下三个方面:

一是儿歌可以增加儿童的词汇量。儿歌中的词汇大多数是常见词汇,在很大程度上与儿童的语言经验相契合,打开这个词汇的仓库,儿童能够拥有更多词汇习得的语料。

二是儿歌可以拓展儿童的词汇范围。打开黄河口儿歌的词汇系统,我们会发现,实词无疑占据了统治地位,而实词又以名词和动词为主,形容词次之,其他如数量词、代词、副词比较少见。虚词如连词、介词、助词、语气词等则更为少见。我们把象声词单独列为一类,这类词在儿歌的词汇系统中占的比例较大。如此词类的大小比例与有着明

---

① 朱智贤主编.心理学大词典.北京:北京师范大学出版社,1989:671.

② 周作人.儿童文学小论[M].石家庄:河北教育出版社,2002:31.

③ [美]劳拉·E·贝克,著.儿童发展(第五版).吴颖,等,译,南京:江苏教育出版社,2002:514.

显区分的词汇系统,基本与大多数儿童习得词类的规律相吻合。

劳拉 E•贝克在《儿童发展》指出,儿童早期的语言是以皮亚杰描述的感觉运动和婴儿在两岁以前所构思的种类为基础的。最初出现的词汇往往是生命中重要的人物("妈妈""爸爸"等),可以移动的或者有用的物体("球球""汽车""猫""鞋"等),以及平时熟悉的行为("再见""起立"等),或者是熟悉行为的结果("脏""湿"等)。劳拉 E•贝克通过列表,标明了出现在儿童 50 个词的词汇量中的词语种类。详见表 7-1:[①]

表 7-1　儿童 50 个词的词汇量中的词语种类

词语类型	描述	典型的例子	词语所占的比例 [a]
物体语词	用来指代"物质世界"的词	苹果、球、鸟、船、书、汽车、饼干、爸爸、小狗、小猫、牛奶、妈妈、鞋、雪、卡车	66
行为语词	描述,要求或者伴随动作的词,或者是表达注意,要求注意的词	再见、去、喂、看、更多、向外、向上	13
状态语词(修饰词)	指代物体或事件属性或特质的词	所有的、不见了、大、脏、热、我的、漂亮、外面的、红、湿的	9
个体——社会词语	表达情绪状态或社会语词会关系的词	不、哎哟、请、想、是、谢谢你	8
功能语词	执行语法功能的词	对……、是、为了……、什么、哪里	4

a:以 18 个月美国初学走路婴儿的样本为基础,给出了平均的百分率。

作为权威的儿童发展心理学文献,表 7-1 揭示了儿童习得词类的基本规律。前三类分别示物体语词(主要是指名词,占比 66%)、行为语词(主要指动词,占比 13%)和状态语词(主要指形容词,占比 9%)。

从表 7-1 中,我们能明显地看到,名词是儿童词汇系统中数量最多、占比最高的词类,动词位居其次。这也许与儿童自身的认知发展层次有关。名词系统为儿童提供其知觉所及范围内的概念,儿童很容易将词与词所指称的物体进行匹配。因此,儿童具有较强的物体——符号的匹配能力。而感知动作虽然是儿童认识世界的重要手段,但是动词所表达的是物体和行为的对应关系,需要付出更多的认知努力,因此本着语言——认知的"省力原则",儿童对动词的认知与掌握在时间上要晚于、数量上要少于名词。

三是儿歌的游戏性能大大增加儿童习得词汇的乐趣,从而提高儿童习得词汇的效率。游戏有趣,能大大拓展儿童的无意记忆,相比有意记忆,这能让儿童更快地习得词汇。于此同时,游戏所创造的语言和非语言的情境,能让儿童在游戏的同时置身于具体的情境中,而情境化则有助于儿童加深对词汇意义的理解,进一步促进词义的心理内化。

(三)儿歌与儿童的语感建构

1.语感和语感图式

语感是人类把握语言的一种基本方式,是一种思维并不直接发挥作用而由无意识

替代的在感觉层面进行语言活动的能力。[①] 语感体现为对作用于主体的语言的内在反应能力：对于婴儿来说语感就是听的能力；对于有阅读能力的儿童而言语感就是读的能力。语感也体现为因表达个人情感的需要或适应社会交际的需要而形成语言的能力——说和写的能力。

何为语感图式？对于儿童来说，语感图式就是儿童对于语言的知觉、理解与思考的方式，是语感活动的框架和组织结构。儿童的语感图式不是永恒不变的，而是一个发生和发展的过程。儿童最初的语感图式部分源自先天遗传，在这一起点上，儿童不断与语言世界产生相互作用。在这种相互作用中，非遗传的后天图式慢慢从低级向高级阶段发展，语感图式逐渐建立。

可见，语感图式是语感产生的基础，是储存于儿童无意识格局中的一个十分庞大的组织结构，它由三个相互联系的子结构组成：[②]

（1）形式结构。

语感的对象是语言，因而语感图式中的形式结构和语言结构形式相对应。语言结构形式可以具体分为语音结构形式和语义结构形式。儿歌的语音结构形式与语义结构形式共同参与了儿童语感图式里形式结构的构建。

（2）情境结构。

语境能帮助儿童理解语言的意义和情味。语感图式的形式结构的主要任务是把握语言的结构形式，完成对句内的语义解读。情境结构的主要任务就是调动各种观念、经验和体验，在一定的情境中把握语言对象的真正意义和情味。

（3）意向结构。

语感图式的最后一个层次是意向结构。意向即意志、意念。每个儿童都有自己各种生命意向，与之相对应，每个儿童的语感图式中都具有这种意向结构。启动意向结构可以使儿童对语言做出自觉的情感反应。

2. 儿歌与儿童语感图式的建构

（1）幼年倾听经验与幼儿语感的养成。

胎儿在出生前 3 个月就开始建立听觉。因此，从父母与胎儿进行对话开始，胎儿就开始经受"语言之体验"。心理学上把从婴儿诞生到产生第一个真正意义上的词产生之前的这一阶段叫做"前语言阶段"。前语言阶段通常是从出生起到 12 个月。这个阶段的婴儿，尽管不能说话，但是具有一定的语言知觉和语言理解能力，已经形成了基本的听觉语感图式。

儿歌是一种以听觉为感知方式为主的语言艺术，是幼儿接触最早的、最多的一种文学形式。从胎儿时期到孩子降临到这个世界，父母、祖父母等长辈就会充满深情地给孩子吟唱节奏舒缓、语音甜美的摇篮曲或一边与孩子玩游戏，一边念唱儿歌。在孩子大一些的时候，家长就会交给孩子更复杂的儿歌，帮助他建立语言认知。同时，孩子自己也

---

① 王尚文. 语感论 [M]. 上海：上海教育出版社，2002：35.
② 王尚文. 语感论 [M]. 上海：上海教育出版社，2002：132-142.

会与同伴一起唱、一起玩儿歌。

可见，不同年龄阶段的孩子需要不同形式和内容的儿歌，儿歌对孩子有着很大的吸引力。儿歌对人的影响甚至会长达一生，很多人即便到了成年，甚至两鬓斑白时，仍能回忆起儿时的儿歌曾带给他们的美好回忆。郭沫若曾经回忆起他儿时念唱儿歌的情境，他说：幼时与姐妹兄弟们在峨眉山下望月，有时能顺口唱出儿歌来，当时的快乐，真是如同天国一般。美国的心理学家詹姆士也曾指出："幼年时背诵的一些东西，仿佛用火印烙在大脑上似的，即使完全想不起来，但它的痕迹也永远不会磨灭。因为结构上的改变一经固定在成长的脑里后，这一改变就会成为常态组织的一部分，营养的代谢作用还像以前一样维持它，所以它就像伤后的瘢痕一样，会毕生存在着。"① 由此可见，幼年的语言生活对于一个人语感的形成起着非常重要的作用。

（2）儿歌对儿童语感图式建构的作用。

① 儿歌与形式结构的建构。尽管儿童语感图式的形式结构部分来自先天遗传，但是，后天的语言刺激更加重要。儿歌作为儿童早期接触的语言刺激物，以简短的句式，浅显的内容，和谐的音韵，高度的口语化，非常适合儿童理解、吟唱和游戏。儿歌为儿童语感图式形式结构的建立提供了充分而有效的给养。比如黄河口儿歌的《噢，噢，睡觉觉》：

> 噢，噢，睡觉觉，
> 老猫猴子打跑了。
> 娃娃睡，盖花被，
> 娃娃醒，吃油饼。

儿童在倾听这首儿歌的过程中，始终感应并享受着这首摇篮曲的音韵节奏。而舒缓温和的节奏和协调和谐的韵律有助于儿童形成最初的语音图式。随着年龄的增长，儿童念唱儿歌的范围越来越广泛，其语音图式也日益多样和完善。例如：冰心有一次给孩子念儿歌，她读到"金咕噜棒，银咕噜棒，爷爷打板"时停下了，孩子们能立刻准确地接上"奶奶唱"。冰心问可不可以改为"奶奶念"，孩子们一齐说"不顺口"。冰心对此感到非常惊诧，为何根本不懂音韵的孩子可以如此准确地选用"唱"字呢？这是因为，孩子们已经形成了基本的语音图式，对于音韵和节奏有一种直觉。在语音图式的作用下，他们会自然而然地脱口而出"奶奶唱"。孩子们不懂"唱"字要与上文的"棒"字押韵，但是在直觉的驱使下，他们选择的"唱"字读起来不但顺口，而且响亮。

在学习说话的萌芽期，儿童会在倾听他人的语言时进行选择性模仿。儿歌的词汇往往具有高度的可模仿性。儿童在学唱儿歌的时候，对词汇的理解也在同时进行。本章第二节中我们已经阐述，儿歌中使用的词类频率比较符合儿童词汇发展的基本规律，这非常有助于儿童建立语感的语义结构形式。例如黄河口儿歌《都干活》：

> 猫拿老鼠狗看门，
> 鸭子下河去担水。

---

① ［美］詹姆斯，唐钺译，心理学原理．北京：商务印书馆．1963：3.

$$白鹅帮着挑回家，$$
$$小鸡忙着蒸馍馍。$$
$$馍馍香，馍馍甜，$$
$$大家乐得笑呵呵。①$$

在念唱这首儿歌的时候，孩子们不仅在脑中显现这样的有趣的画面，也会像过家家似的模仿相应的动作。在玩游戏时，孩子们顺便习得了这些词汇，并且一经习得，终身拥有。实际上，正是在这样的游戏过程中，儿童一边念一边玩，词汇的数量和质量不断得到提升，其词汇图式也逐步得以建构和发展。

儿童在倾听、念玩儿歌过程中逐渐形成了词汇图式。但是，词汇是以句子的形式出现的，因而儿童在这一过程中很自然的就进入了句法图式的习得过程。儿童习得一种句法结构后，会接着运用这种结构来进行表达自我的创造。在创编改造的过程中，儿童的句法图式得以扩充和完善。

②儿歌与意向结构的建构。清代郑旭旦把他的儿歌集命名为《天籁集》。儿歌有如天籁般的纯真和美好，有助于启发幼儿辨别生活中的美、丑、善、恶，使他们养成坚强、乐观的性格以及诚信、谦让、善良、勤劳等优秀品质。例如黄河口儿歌中《拉了钩儿》有利于儿童形成一诺千金的习惯：

$$拉了钩儿，说了算；$$
$$一百年，不许变。②$$

又如《买鸭梨》引导儿童养成谦让的品行：

$$黄毛丫头去赶集，$$
$$买个萝卜当鸭梨。$$
$$咬一口，怪辣的，$$
$$谁叫你光知道拣大的。③$$

再如《小蜜蜂》教化儿童要有勤劳的美德：

$$小蜜蜂嗡嗡嗡，$$
$$飞到西，飞到东，$$
$$从早到晚勤劳动，$$
$$采花酿蜜过好冬。$$
$$小朋友，学蜜蜂，$$
$$勤学习，爱劳动，$$
$$从小学好真本领，$$
$$从小学好真本领，$$

① 东营市史志办公室. 岁月如歌——东营老民谣 [M]. 北京：方志出版社，2018：330.
② 东营市史志办公室. 岁月如歌——东营老民谣 [M]. 北京：方志出版社，2018：324.
③ 东营市史志办公室. 岁月如歌——东营老民谣 [M]. 北京：方志出版社，2018：326.

长大为国立大功。①

儿歌润人无声，在潜移默化中教导了儿童，在儿童心中播撒下至真、至善、至美的种子。儿童在念唱儿歌时，与之产生共鸣，并建立起积极正确的意向结构。因而，对人的语感来说，建立意向结构的最好的时期就是在童年。《颜氏家训》有言："人小幼，精神专利，长成已后，思虑散逸，固须早教，勿失机也。"说这是说：人在幼时，心灵纯净，且精神专利，有着未来的无限可能性。儿童建立了正向的意向结构，不但有助于语感图式的建立，而且为精神成长和终生发展奠基精神的基础，正如明代吕坤所说："童时习之，可以终身体认。"。

③ 儿歌与情境结构的建构。情境是意向与形式之间的中介。当语感图式的形式结构图式与意向结构图式建立之后，隐藏在无意识中的意向会在现实情境中得到具体化，同时潜藏在无意识中的与意向相联系的形式结构也在会现实情境中得到具体化。情境是联系无意识与意识的桥梁。人在现实情境中收到的语言信息，或者受到情境刺激，随着意向结构对这一信息或刺激作出判断，形式结构会将自己的意向表达出来，可能是厌恶，也可能是欢喜，等等。

儿歌的内容往往来源于日常生活中的常见事理，其涉及的维度也是多向的，既有关于认识大自然和周围事物的，也有帮助儿童认识社会现象的，还有关于品格情感的。如此众多的"知识与情感模块"以儿歌的形式进入儿童的意识和无意识中，极大地丰富了儿童的知识系统和情感系统。随着儿童自身的知识系统和情感系统的日益丰富，理解外在的事理和社会性情感的敏感性也就随之大为提高了。这两者之间相互促进，儿童理解的对象越多，经过同化转换成自身的知识系统和情感系统的内容就会越多。反过来，自身知识系统和情感系统的丰富又为理解新的对象打下坚实基础。如此循环往复，不断建立语感图式的情境结构。

我们认为，一个人掌握语言的情况，可以分成"所知"和"所有"两个部分。"所知"就是所理解的部分，来自对于语言的认知；"所有"就是所占有的部分，来自对语言的运用，即"自己的语言"。② 儿歌是儿童文学中的瑰宝，也是最适合儿童的语言与文学资源。在与儿歌的亲近、耦合的过程中，儿童不断从中汲取养分，让自己的"所知"越来越丰富，进而为"所有"的丰富打下了坚实的基础。这就如同一棵树，肥料养分吸收得越多，长出的树枝树叶就会越茂密。儿歌好似肥料养分，而语感就是吸收养料的树枝、树叶。儿歌为儿童建立语感图式所需的要素进行全面的存储，并将为丰富和增强儿童的语感提供源源不断的养分。毋庸置疑，儿童养成良好的语感，对其以后的语言发展、精神发展，都有极大的好处。

二、儿歌对儿童认知发展的价值

人类了解世界的方式有千万种，而儿歌无疑是所有方式中最有乐趣的一种。儿童念

---

① 东营市文联. 东营民谚民谣 [M]. 北京：中国文联出版社，2002：163.

② 王尚文. 语感论 [M]. 上海：上海教育出版社，2002：66.

唱儿歌的过程中,会不由自主地进入这个儿歌展示的世界,展开对未知世界的认知。认知世界的第一步是为世界命名。对于所有人而言,世界的出发点是他自己,在任何年龄段,人都会发挥命名的主动权,来建构属于他的自我世界的新名物。儿童的首要任务不是建立自己的一套命名系统,而是识记早已被命名了的世界。

我们以黄河口儿歌《小老鼠尖尖嘴儿》为例:

小老鼠,尖尖嘴儿,
领着孩子去买粉。
买粉来,不会搓,
领着孩子去买锅。
买锅来,不会做,
领着孩子去买布。
买布来,不会铰,
领着孩子去买袄。
买袄来,不会穿,
领着孩子去买鞭。
买鞭来,不会打,
领着孩子去买马。
买马来,不会骑,
领着孩子去买梨。
削去把,削去皮,
嘎吱嘎吱好脆梨。[1]

听到这首儿歌,儿童就会跟随儿歌所唱的歌词认识一些最基本的事物命名(比如"粉""锅""布""袄"等等)、动作命名(比如"搓""做""铰""穿"……),还包括一些形态命名(比如"尖尖嘴儿"的"尖尖")以及声音命名(如"嘎吱嘎吱")。正是在这些认知准备的基础上,儿童可以立刻进行认知操作,拟出本首儿歌所描绘的事件。

识记命名在认知中是基础性工程,下文我们将论述儿童如何通过儿歌拓展认知圈,增加认知量。

(一)由儿歌认识植物

"自然界中的草木鸟兽,都是儿童日常耳目所接触的东西,因而有许多儿歌是将草木鸟兽之名联缀而成的。这种联缀而成的歌词,理论上看是很容易丧失文艺的风趣,成为记账式的文字,然而事实上却大出我们的意外,不仅思想新奇,而且句调流利,这种艺术手段确实令人佩服。"[2]借助这种"艺术手段"创作的儿歌为儿童打开了一扇通往自然

---

① 东营市史志办公室. 岁月如歌——东营老民谣 [M]. 北京:方志出版社,2018:322.
② 褚东郊. 中国儿歌的研究 [A]. 王泉根. 中国现代儿童文学文论选 [C]. 南宁:广西人民出版社,1989:586.

的大门。植物就是其中的一扇大门。通过唱儿歌，儿童能认知植物，例如黄河口儿歌的《十枝花》：

> 一枝花来一枝一，
> 莲花开花在水里。
> 两枝花来两枝两，
> 石竹花开在两旁。
> 三枝花来三枝三，
> 桃花杏花开满园。
> 四枝花来四枝四，
> 玫瑰花开一身刺。
> 五枝花来五枝五，
> 石榴花开迎端午。
> 六枝花来六枝六，
> 茄子花开低着头。
> 七枝花来七枝七，
> 葫芦开花爬屋脊。
> 八枝花来八枝八，
> 南瓜开花大喇叭。
> 九枝花来九枝九，
> 嘎子开花爬山口。
> 十枝花来十枝十，
> 苍子开花人不知。[1]

　　这首儿歌向儿童展示了一幅花谱：基本对应了什么季节开什么花，而且还向儿童介绍了每种花的形态或生长的环境。歌词每句都通俗上口，儿童一边游戏一边念唱，仿佛走进了一座美丽大花园，朵朵花儿，自然地绽放于儿童心灵的花园里。

　　当然也存在一些比更复杂的"花歌"，比如《对花》：

> 甲：正月里什么花人人都爱？
> 　　什么人手牵手同下山来？
> 乙：正月里迎春花人人都爱，
> 　　梁山伯祝英台同下山来。
>
> 甲：二月里什么花洁白芳香？
> 　　什么人背书籍周游四方？
> 乙：二月里水仙花洁白芳香，

---

① 东营市文联. 东营民谚民谣 [M]. 北京：中国文联出版社，2002：65.

孔夫子背书箱周游四方。

甲：三月里什么花满园粉红？
　　什么人在桃园结拜弟兄？
乙：三月里桃花开满园粉红，
　　刘关张在桃园结拜弟兄。

甲：四月里什么花蟠龙上架？
　　什么人舍生死前去进瓜？
乙：四月里黄瓜花蟠龙上架，
　　有刘全舍生死前去进瓜。

甲：五月里什么花落地星星？
　　什么人在磨房身受苦情？
乙：五月里小麦花落地星星，
　　李三娘在磨房身受苦情。

甲：六月里什么花稀稀冷冷？
　　什么人做糟酒醉死刘伶？
乙：六月里黍稷花稀稀冷冷，
　　有杜康做糟酒醉死刘伶。

甲：七月里什么花单枝独根？
　　什么人执钢鞭打死奸臣？
乙：七月里芝麻花单枝独根，
　　王灵官执钢鞭打死奸臣。

甲：八月里什么花满坡白生？
　　什么人在长城拉马征东？
乙：八月里荞麦花满坡白生，
　　有薛礼在长城拉马征东。

甲：九月里什么花满园金黄？
　　什么人十八年寒窑凄凉？
乙：九月里大菊花满园金黄，
　　王三姐十八年寒窑凄凉。

甲：十月里什么花难过严冬？
　　什么人送寒衣哭倒长城？
乙：十月里扁豆花难过严冬，
　　孟姜女送寒衣哭倒长城。

甲：十一月什么花撒玉飞琼？
　　什么人去卧鱼化开冰凌？
乙：十一月小雪花撒玉飞琼，
　　有王祥去卧鱼化开冰凌。

甲：十二月什么花高挂门墙？
　　什么人去天庭拜罢玉皇？
乙：十二月灯笼花高挂门墙，
　　灶王爷去天庭拜罢玉皇。①

　　这首儿歌融入了很多历史典故和神话传说，这些典故和传说虽然与四季之花未必完全对应，却可以使儿童在游戏中唱玩儿歌时获取对自然花事和历史传说的双重认知，有效扩大儿童的认知面。

（二）由儿歌认识动物

　　儿童都很喜欢动物，对他们来说，在唱玩儿歌中认识动物、亲近动物更是一件开心的事情。例如黄河口儿歌《小老鼠爬谷穗》可以帮助儿童认识小老鼠与蛤蟆，同时他们的故事又热闹好笑、别有韵味：

小老鼠，爬谷穗，
掉下来，摔没了气。
大老鼠哭，小老鼠叫，
一帮蛤蟆来吊孝，
哼哈哼哈好热闹。②

又如《待客谣》：

一包蜂蜜两包糖，
十二个鸡蛋送干娘。
干娘生了个小兄弟，
俺去给你杀公鸡。
公鸡一旁开了腔：
嗓子好，报天亮，

---

① 东营市史志办公室．岁月如歌——东营老民谣［M］．北京：方志出版社，2018：64．
② 东营市史志办公室．岁月如歌——东营老民谣［M］．北京：方志出版社，2018：321．

> 杀我不如杀只羊。
> 小羊听说着了慌,
> 对着主人开了腔,
> 我的毛给人穿,
> 吃的青草坡里有,
> 杀我不如杀只狗。
> 狗听见汪汪叫,
> 能看门能防盗,
> 杀我不如杀只猫。
> 猫一听,急的哭,
> 白天黑夜拿老鼠,
> 猫拿老鼠不能杀,
> 杀猫不如杀只鸭。
> 鸭子一听着了急。
> 拽拉拽拉到窝里,
> 敞开窝门住里看,
> 摆着一窝大鸭蛋。
> 鸭子叫着杀不的,
> 只能拿刀去杀猪。①

在过年待客的儿歌里,"公鸡、养、狗、猫、鸭子、猪"变得逼真而又可爱,儿童热热闹闹地将这些动物习得,只要听过一遍就可能牢记于心。

(三)由儿歌认识日常事物

日常事物,尤其是日常生活用品,是儿歌中经常吟唱的内容,成为儿童认知的普通而有益的资源。比如《小巴狗》:

> 小巴狗,戴铃铛,
> 丁零当啷到集上。
> 待吃桃,桃有毛,
> 待吃杏,杏又酸,
> 待吃栗子面旦旦,
> 待吃小鱼下水湾。②

这首儿歌虽然很短,但是能让儿童认识动物——小巴狗,狗脖子上的事物——铃铛,两种水果——有毛的桃、带酸味的杏,以及栗子、小鱼等其他日常生活中极为常见的事物。

---

① 东营市文联. 东营民谚民谣 [M]. 北京:中国文联出版社,2002:124.
② 东营市史志办公室. 岁月如歌——东营老民谣 [M]. 北京:方志出版社,2018:316.

还有的儿歌在一问一答中大大拓展了儿童日常事物的认知视野，比如《天上有个啥》：

> 天上有个啥？有星。
> 星里有个啥？有井。
> 井里有个啥？有蛤蟆。
> 蛤蟆为啥不叫？哏——呱！[①]

问答的形式似乎最能满足儿童的认知需要，在问答的来往里，好像什么都可以问，虽然回答未必科学，却以儿童喜闻乐见的方式打开了他们的眼睛、鼻子、耳朵，为他们注入鲜活的认知之源。

（四）由儿歌认识数字

父母往往从孩子记事起，就开始扳着手指头教他们数 1、2、3。他们也逐渐地认识了 3 颗糖、3 个指头、3 个人，表示的都是 3。由此，儿童开始产生数字的概念，但从产生数的概念到对数字形成完整而正确的认识，并不是一蹴而就的，往往需要经历一个相对漫长的过程。儿童如果仅仅一味地接触某些数字的堆积，而不与其他充满吸引力的事物结合在一起，他们对识数的兴趣就会大大降低。儿歌中的"数数谣"用文学方式来表达数字概念，是数学与文学的结合体。借助文学的禀赋，数数谣成为一种特别符合儿童（特别是低幼儿童）认知水平与发展需要的数字认知资源。正如黄云生所说："数数在儿歌中既是目的，又是手段。所谓目的，指的是数字一旦与具体事物联系在一起，便由抽象或概念变为具体形象，引起儿童兴趣，并把它们识记下来，从而实现学会数数的目的。所谓手段，指的是数字也可以用来组织游戏，给儿童带来快乐，并可以将各种事物和各种知识串联、汇集起来，从而实现识物启智的目的。"[②]

黄河口儿歌中最简单的数字谣当属《上学去》：

> 一二三，三二一，
> 爸爸领我去赶集。
> 买书包，买铅笔，
> 到了学校考第一。[③]

再如《一二三四五》：

> 一二三四五，
> 上山打老虎，
> 老虎没在家，
> 下山打王八。
> 王八戴着铁帽子，

---

① 东营市史志办公室. 岁月如歌——东营老民谣 [M]. 北京：方志出版社，2018：337.
② 黄云生. 儿童文学教程 [M]. 杭州：浙江大学出版社，1996：63.
③ 东营市文联. 东营民谚民谣 [M]. 北京：中国文联出版社，2002：150.

专打你这半吊子。①

还有些数字谣将数字与游戏结合地更加生动有趣,在游戏中实现儿童的数字启蒙,比上数学课要生动有趣的多。如《踢毽子》:

小汽车,笛笛笛,
喇叭开花二十一,
二五六、二五七,
二八二九、三十一,
三五六,三五七,
三八三九,四十一,
四五六,四五七,
四八四九五十一,
五五六,五五七。
五八五九六十一,
六五六,六五七,
六八六九七十一。
七五六,七五七,
七八七九八十一,
八五六,八五七,
八八八九,九十一。
九五六,九五七,
九八九九一百一。②

(五)由儿歌认识时序

有一种儿歌叫"时序歌",也称时令歌,是用优美的旋律来引导儿童按照时序的变化去初步认识和了解自然现象的一种传统儿歌形式。儿童唱玩时序歌,自然而然地会加深对时序和自然现象的多重认知。

时序歌往往按照一年四季或一年十二个月的顺序,融合不同时间里出现的不同景物、人们进行的不同的农事活动,以及其他具有时序性的事件。儿童在唱时序歌的过程中,一方面能认识时序,另一方面还能把上述事物或事件作为一个整体纳入自己的认知图式。

时序可以分为四类:一是四季顺序,二是月份顺序,三是为节气顺序,四是贯穿一天的时间顺序。黄河口儿歌中直接体现时序的不多,但是整个黄河口民谣其他类别的歌谣有很多体现时序的,包括季节类时序、月份类时序,以及节气类顺序时序。儿歌中,《春姑娘》属于典型的季节类时序,引导儿童关于春天的认知:

---

① 东营市史志办公室. 岁月如歌——东营老民谣 [M]. 北京:方志出版社,2018:340.
② 东营市文联. 东营民谚民谣 [M]. 北京:中国文联出版社,2002:156.

柳梢枝儿，吱吱响，
东风吹来春姑娘，
燕子飞，布谷唱，
大地穿上新衣裳。
柳梢枝儿，吱吱响。
春姑娘，真漂亮，
东坡绿，西坡黄，
红了桃花香满庄。①

黄河口民谣中体现时序的有很多，比如前面提到的《四季歌》体现了种植谷物的时令；《歌唱十二月》将每个月的农事与时政很好地结合在一起；《十二个月》将一年十二个月的物候与郎君抗战的主题巧妙结合。对于儿童来说，时序是抽象的，这些歌谣可以帮助他们初步了解季节的特点、气候的变化以及与之相应的各种农事活动，有助于将抽象的时间概念具象化。

（六）由儿歌认识地名

大部分孩子都在自己的故乡居住，脚下的土地是其生命和生活的背景和依托。从认识自己的故乡开始，亦或从认识自己故乡的地名开始，培养儿童对故乡的热爱和依恋，对其认知发展和情感发展都具有非常重要的意义。黄河口儿歌中直接体现地名的不多，其他类的民谣中有一些用当地方言来唱玩的地名歌谣，为儿童认识地名提供了宝贵的源泉。例如《串九州》（二）读起来就是一幅山东地图：

一更里来月东升，
奴在心中守孤灯。
灯瞅我，我瞅灯，
瞅着瞅着放悲声。

风催铁马人不见，
想起冤家奴伤情。
牙床朦胧打个盹，
一梦阳台进山东。

陵县城，靠德平，
直奔德州没有停。
平原禹城奴家寻，
临邑商河到乐陵。

---

① 东营市文联. 东营民谚民谣 [M]. 北京：中国文联出版社，2002：143.

走无棣,上海沣,
惠民阳信走城东。
沾化利津滨州问,
来到蒲城正二更。

二更里,上青城,
出去西门是齐东。
邹平长山二十五,
再走十八是新城。

淄川县,汉阳城,
章丘济阳靠历城。
齐河桥大真不假,
菜王桥下把船撑。

济南府,有名胜,
无心观看去长青。
淄平不见博平找,
下奔高唐去茌平。

走莘县,出武城,
津城西南是临清。
哭哭帝啼聊城县,
东昌府里打三更。

三更里,梦魂飘,
冠县高唐上馆陶。
阳谷寿光郓城县,
范县蒲州樊官找。

嘉祥问,巨野跑,
成武单县转定陶。
曹州曹府荷泽县,
金乡鱼台走一遭。

滕县查,邹县找,
济宁州里寻根苗。

东平北去平阴县，
泰安神仙把香烧。

莱芜县，没见到，
新泰肥城路途遥。
宁阳曲阜泗水县，
到了济宁四更晓。

四更里，出兖州，
鄄城泽县从头走。
沂州府来苍山县，
魂飞沂州和莒州。

诸城县，靠安丘，
蒙阴沂水犯了愁。
博山临朐益都县，
青州府里暂停留。

山南找，海北瞅，
不见冤家泪水流。
哭哭啼啼临淄县，
高青博兴也没有。

顺着湖坡往东走，
何时才到汉府楼。
乐安寿光全走遍，
到了昌乐不停留。

五更里，上滩县，
越过昌邑莱州湾。
莱西平度高密县，
寻遍胶州也枉然。

即墨县，靠崂山，
莱阳招远上黄县。
蓬莱宁海伤情舍，
行至海阳泪涟涟。

荣成县,福山县,

文登栖霞均不见。

急步走进登州府,

得知冤家上了船。

无可奈何到河边,

大海波浪水涟天。

战战惊惊抬头看,

见水见天不见船。

为找冤家腿欲断,

九州十府全跑遍。

为见夫男历万苦,

行完一百单八县。[①]

(七) 由儿歌认识文化风俗

很多黄河口儿歌体现了域内的文化风俗,比如儿歌《新年好》中,儿童可以形象地了解当地到过年的传统风俗:

新年好,真热闹。

贴对联,扫街道,

剃新头,戴新帽,

做新鞋,穿新袄。

点焰火,放鞭炮,

吃鱼吃肉,吃水饼,

打灯笼,满街跑。

压岁钱,装荷包,

高高兴兴初一到。

演小戏,踩高跷,

拜年忙,都同好,

走亲访友,满街道。

过了初一过十五。

十五不如年热闹。[②]

此外,儿歌外的其他黄河口民谣中的仪式歌中也有很多民歌体现黄河口的民风民

---

① 东营市史志办公室. 岁月如歌——东营老民谣 [M]. 北京:方志出版社,2018:281.

② 东营市文联. 东营民谚民谣 [M]. 北京:中国文联出版社,2002:123.

俗。我们在第二章"黄河口民间歌谣的类型及思想内容"中做过论述,在此不再赘述。

三、儿歌与儿童生理的发展

儿童的生理发展是其实现全面发展的基础,其大脑和身体在形态、结构及其功能的生长发育程度为儿童的认知、语言和社会性发展奠定了生物基础。

(一)儿童生理发展的内容和影响要素

儿童的生理发展一般包括三个层面的内容:其一是各系统器官的生长发育,可以用身高、体重、脉搏、血压、肺活量等指标来进行测量;其二是运动能力的提升,包括身体基本活动能力和身体素质的提升,可以用跑、走、跳等动作以及速度、动作与运动的协调性等指标来进行测量;其三是身体适应能力,包括机体对外部环境各种变化的适应能力和机体对各种疾病的抵抗能力等。[①]

儿童的生理发展受先天生物因素与后天社会因素的双重影响。其中,"活动和锻炼的机会与条件"作为一项后天社会因素,对儿童的生理发展具有重要作用。儿童的游戏作为儿童"活动与锻炼"和"宣泄情感"的方式,可以极大地促进儿童运动能力的发展,为儿童提供了充分的"活动和锻炼的机会与条件"。儿歌作为一种重要的游戏载体,对儿童生理发展具有重要价值。

按照格拉胡(Gallahue,1982)的儿童运动能力发展理论,可以把儿童的运动能力分为四个阶段:反射运动、初步运动、基础运动和与体育运动有关能力的专门化。四个阶段的划分与儿童的年龄呈递进关系:反射运动阶段从胚胎4个月到出生后1周左右;初步运动阶段从幼儿出生后4个月到2岁左右;基础运动阶段从儿童2岁到7岁左右;专门化阶段从儿童7岁到14岁左右。格拉胡认为,儿童运动能力发展与年龄有关,但不是完全由年龄决定。任何一种运动能力的发展都是由三大因素相互作用的结果:一是儿童对于目前活动的兴趣与努力程度;二是活动任务的特殊要求;三是儿童所处的特殊的环境条件(包括成人的指导、运动的条件、机会等)。这三项因素的共同作用,决定着儿童在一项运动上的发展速度与程度。在这四个阶段中,由于前两个阶段受生物因素的影响较大,因此第三个阶段对儿童生理发展异常重要:从第三个基础运动阶段开始,运动任务的特殊要求和各种环境条件在很大程度上决定着儿童运动技能的获得与掌握程度。[②]

(二)儿歌和儿童运动技能发展

根据格拉胡的观点,我们认为:首先,儿童对于玩儿歌游戏有很大的兴趣;其次,儿歌游戏有独特的运动任务;再次,儿童有充足的条件与机会获得儿歌游戏。从这三点出发,我们可以发现,儿歌游戏对促进儿童运动技能的发展具有重要意义。

儿童对肢体游戏的兴趣似乎与生俱来,对于随着儿歌玩肢体游戏,更是感到乐趣无

---

① 刘焱. 儿童游戏通论(第二版)[M]. 北京:北京师范大学出版社,2008:189.

② 刘焱. 儿童游戏通论(第二版)[M]. 北京:北京师范大学出版社,2008:192-194.

穷。美国的泰勒·何德兰和英国的坎贝尔·布朗士在上个世纪初对中国儿童生活（包括物质生活与精神生活），进行了全面的考察与研究，其中包括"保姆与儿歌""男孩子们的游戏""女孩子们的游戏""儿童玩具""游戏与猜谜"等多方面的内容。他们发现，"男孩子们的游戏"和"女孩子们的游戏"这些肢体游戏中有半数以上都与儿歌相伴随，要么由儿歌起头，要么边唱边游戏，如果没有了儿歌，游戏兴味就会大减，甚至等于取消了游戏。可见那个年代的儿歌游戏有多么兴盛，儿童对儿歌游戏的兴趣有多么强烈。

黄河口儿歌中有很多肢体游戏歌，这些儿歌游戏有特定的游戏规则，规定了游戏中的运动任务。例如《天上有啥——》是两小孩背靠背，胳膊对挽背一趟，一问一答，轮流相背的儿歌游戏：

> 问：天上有啥？
>
> 答：天上有星儿。
>
> 问：地上有啥？
>
> 答：地上有坑。
>
> 问：坑里有啥？
>
> 答：坑里有水。
>
> 问：水里有啥？
>
> 答：水里有蛤蟆。
>
> 问：蛤蟆咋叫？
>
> 答：归儿——呱。归儿——呱。[①]

又如《锛芝麻茬》：

> 锛，锛，锛芝麻茬，
>
> 黑了天，很害怕，
>
> 背起柴火走得累。
>
> 找个座位歇歇吧。[②]

好多儿童围成一圈蹲下，有一个儿童在圈外转，边转边唱，唱完后，坐在一个儿童的背上。被坐的儿童问：谁？答：是锛芝麻茬的。问：干什么？答：黑了天。问：打着灯笼送送你。答：不用，不用！说完就快跑。被坐的人急追，若追上罚对方唱歌。如追不上，被坐人再转。依次进行。这种童谣游戏，儿童一边唱一边转圈，既不激烈，也不温和，可以锻炼儿童的肢体运动能力。此类游戏，比较常见的还有女孩子喜欢玩的"踢毽子"，一边跳一边有儿歌"和之"，比如《踢毽子》：

> 小汽车，笛笛笛，
>
> 喇叭开花二十一，
>
> 二五六、二五七，
>
> 二八二九，三十一，

---

① 东营市文联. 东营民谚民谣［M］. 北京：中国文联出版社，2002：127.

② 东营市文联. 东营民谚民谣［M］. 北京：中国文联出版社，2002：169.

　　　　　　　　三五六，三五七，
　　　　　　　　三八三九，四十一，
　　　　　　　　四五六，四五七，
　　　　　　　　四八四九五十一，
　　　　　　　　五五六，五五七。
　　　　　　　　五八五九六十一，
　　　　　　　　六五六，六五七，
　　　　　　　　六八六九七十一。
　　　　　　　　七五六，七五七，
　　　　　　　　七八七九八十一，
　　　　　　　　八五六，八五七，
　　　　　　　　八八八九，九十一。
　　　　　　　　九五六，九五七，
　　　　　　　　九八九九一百一。[①]

　　除此以外，《摸虫虫儿》《蛤蟆从这里钻》《盘脚年》等都是娱乐性极强的儿歌游戏，对儿童的运动技能的发展都有很大的好处。

　　总之，强烈的兴趣，不同的任务，以及充分的条件，使儿童身体的各种器官都在儿歌游戏中参与了活动：既有全身运动（如"天上有啥——"游戏），也有局部运动（如"蛤蟆从这里钻、捉虫虫"游戏）；既有运动量大的活动（如"锛芝麻茬"游戏），也有运动量小的活动（如"踢毽子"游戏）。这些活动和运动，不但能促进幼儿骨骼肌肉的发育成熟，而且也有利于促进内脏器官和神经系统的发育。儿童的这些儿歌游戏与其他游戏一样"都包含着动作和运动的成分，天然地具有提升儿童身体运动能力（包括大肌肉、小肌肉以及全身运动的协调）发育的潜能，有助于动作的发展与分化整合"。[②]

四、儿歌与儿童社会性的发展

　　梁志燊、李辉说："作为儿童心理发展的两大方面，社会性发展同认知发展二者相互依存、相互促进、缺一不可，它们有机地交织在一起，并构成了儿童心理发展的完整统一体。这就是儿童心理发展的全部实质所在。"[③]由此可见，儿童社会性发展与认知发展相互交织，相互促进，形成一个复杂的网状结构，共同促进儿童的心理发展。我们认为，抛开儿童的认知发展来谈论其社会性发展，以及抛开儿童的社会性发展来谈论其认知发展，都是有失偏颇的。

　　一般来说，儿童社会性发展主要涵盖三方面内容：一是自我系统的发展，又包含自我认知、自我意识、自我评价、自我反省和自我调节等；二是社交系统的发展，又包含亲子交

① 东营市文联．东营民谚民谣［M］．北京：中国文联出版社，2002：156．
② 刘焱．儿童游戏通论（第二版）［M］．北京：北京师范大学出版社，2008：192．
③ 梁志燊，李辉．关于幼儿德育与社会发展教育的几个基本问题［J］．学前教育研究．1995.3.

往、同伴交往、师生交往和其他社会交往等;三是社会规则(范畴)系统的发展,又包含性别角色、社会角色、社交规则、社会规范和社会道德等规则或范畴。^①从另一角度来看,儿童社会性发展主要包括社会认知和社会行为两个层面。社会认知就是对以上三方面内容的体认;社会行为指的是儿童在社会情境下的行为表达,是社会认知的外部表现。

那么:儿歌对于儿童的社会性发展的意义和价值是如何体现的?

(一)儿歌与儿童自我系统的建构和发展

儿童的自我系统以其自我意识为核心。儿童自我意识的形成和发展是一个持久的动态历程。已有相关研究表明,5个月之前的儿童,自我意识尚未形成的一个典型的表现就是:他没有充分意识到自己肉身的存在,因而喜欢吃手、吃脚,并且把自己的手脚当成和别的物品或玩具一样来玩。5个月以后,儿童开始慢慢认识到手、脚是自己身体的一部分,由此开始萌生自我意识。1岁以后,儿童开始用手玩弄各种物品和玩具,而且可以将物品等随处移动,这标志着儿童已经具有将自己与外在世界分开的能力,这种能力的出现是儿童自我意识发展过程中的一个重要里程碑。儿童在语言能力上的提升又促使他进一步具备了把自己与自己的动作进行分离的能力。2~3岁后,随着儿童学会使用"我""你""他"等代词,他就能够明确地分辨自己和他人,并能把自我与他人分成两个世界。两个世界的划分,标志着儿童的自我意识进入实质性的发展阶段。

黄河口有些儿歌,十分适合儿童在形成自我意识的年龄阶段唱玩,在一定程度上能够促进儿童自我意识的形成和发展。比如《炸馃子》:

> 炸、炸、炸馃子,
> 腰里掖着金锁子。
> 你一半,我一半,
> 咱俩做个好买卖。^②

"你"和作为"我"的儿童自我是两个完全独立的世界,在"你一半,我一半"的对话和磋商中,无形之中促使儿童形成自我概念与他人意识。

儿童自我系统发展中最关键的任务是努力"去消极自我意识"而形成"积极自我意识"。在培养儿童形成"积极自我意识"的过程中,来自他人的评价,特别是父母的评价最为关键。儿歌恰恰在帮助儿童形成积极的自我意识的过程中,给儿童提供了认知的模板。例如黄河口儿歌《我家有个胖娃娃》:

> 我家有个胖娃娃,
> 长得人人都爱他,
> 不吃烟,不吃菜,
> 成天闹着吃嬷嬷,
> 今日他才三生日。

---

① 梁志燊,李辉. 关于幼儿德育与社会发展教育的几个基本问题 [J]. 学前教育研究. 1995:3.
② 东营市文联. 东营民谚民谣 [M]. 北京:中国文联出版社,2002:128.

> 聪明伶俐会说话，
> 头戴洋礼帽，
> 身穿玉罗纱，
> 爷爷奶奶和爹妈，
> 咋不喜欢他。①

在这首儿歌中，幼儿"才三生日，聪明伶俐会说话"，获得了积极的肯定。在这样的"歌声"的熏陶下，儿童将建立起一个积极的、被肯定了的自我。

（二）儿歌与儿童社交系统的建构和发展

人作为一种社会动物，从诞生之日起就进入了一个无法逃脱的关系网。人在关系网络中，在人与人的社会交往中才能真正成为人，才能获得并发展人性、社会性。儿童作为人类的一员，从广义上说，其社交系统包括了儿童与所有作为他者的社会关系的总和。从狭义上说，儿童的社交系统主要包括亲子交往、伙伴交往以及师生交往等。儿歌在其中的作用主要在于：儿童在唱玩儿歌的过程中，能够逐渐把握人的存在关系性本质，为其社会性发展提供源泉和基础。

亲子交往是儿童社交系统中最核心的内容，对其终生发展起着至关重要的作用。有些儿歌营造的温暖感人的氛围，使得人类最美好的亲子关系以文学化、游戏化的方式呈现。例如《催眠歌》，所表达的正是亲子之爱。长辈在吟唱抚弄孩子的儿歌里，寄托的正是这种最为柔软的亲情：

> 刮大风，拾棉花，
> 一下拾了个大甜瓜。
> 爹一口，娘一口，
> 一咬咬着娃娃手。
> 娃娃娃娃你别哭，
> 集上买个拨浪鼓，
> 拨浪鼓上俩小孩，
> 白夜黑夜和你玩，
> 看俺娃娃乖不乖。
> 乖不乖，乖不乖……②

泰勒·何德兰说："我敢打赌，世界上没有任何哪种语言能像中国的儿歌语言那样饱含着对儿童诚挚而温柔的情感。"③在"饱含着诚挚而温柔情感"的儿歌的熏陶下，儿童对于亲人积累起的情感愈来愈深厚。除了增强儿童对亲子关系的认识以外，儿歌对于亲子间的社会性发展价值，还有一个非常重要的方面则是通过亲子游戏营造"亲子依恋"。亲

① 东营市史志办公室. 岁月如歌——东营老民谣 [M]. 北京：方志出版社，2018：52.
② 东营市文联. 东营民谚民谣 [M]. 北京：中国文联出版社，2002：151.
③ ［美］何兰德（Hudson. T）、［英］布朗士（Blanche. K）著，魏长保、黄一九、宣方译. 孩提时代 [M]. 群言出版社，2000：13.

子依恋指的是在父母和孩子之间形成的一种双向的情感联系。它基于先天的血缘关系，又在后天的生命活动和精神活动中得到进一步发展，其中很重要的一项活动就是亲子游戏。亲子游戏"一方面可以让婴儿感受到父母的关注与爱，与父母形成密切的情感联系；另一方面，婴儿在游戏中的表现以及在游戏中获得的快乐又能够强化父母与婴儿的情感联系，进一步增进父母与婴儿游戏"①。亲子游戏与亲子依恋由此形成了一种良性循环。

以黄河口儿歌《小板凳》为例，这首儿歌能很好的增强了儿童的家庭荣誉感、责任感：

> 小板凳，一歲快，
> 上南京，做买卖。
> 挣那钱来拿不动，
> 雇个小车往家送，
> 喜得他娘拍打腚。②

亲子关系中有一种特殊存在——"儿子与后娘"。"儿子"并非亲生，"后娘"对他没有感情，同样"儿子"与后娘也亲近不起来。"儿子与后娘"这一独特的亲子关系，在黄河口儿歌《小白菜》里是这样唱的：

> 小白菜，芯中黄。
> 两三岁上没了娘。
> 陪着爹爹苦着过。
> 爹爹给我找后娘。
> 找了个后娘三年正，
> 生了个弟弟比我强。
> 弟弟吃面我吃糠，
> 弟弟吃肉我喝汤，
> 端起碗来泪汪汪。
> 后娘问俺为啥哭？
> 碗底儿热了烫地慌。
> 弟弟穿的绸和缎，
> 我穿粗布烂衣裳，
> 弟弟南学把书念，
> 我到坡里挎菜筐。
> 天过响午回家转，
> 后娘说我是吊蛋榔。
> 有心待跟爹爹说，
> 有了后娘就有后爹。

---

① 刘焱．儿童游戏通论（第二版）[M]．北京：北京师范大学出版社，2008：219-220.
② 东营市史志办公室．岁月如歌——东营老民谣 [M]．北京：方志出版社，2018：314.

铁打的心后随了斜。①

后娘待"我"刻薄、无情,"我"心里对后娘之恨,构成了亲子关系中的一个特殊的篇章,为儿童的社会关系认知增加了一个特有的节点。《小白菜》的情愫与泰勒·何德兰所说的《小孤儿》极为相似。"这样的儿歌确实会培养起孩子们的怜悯心和同情心,使他们体贴和善待苦难中的人们。"②

亲属关系与亲子关系紧密相连。儿童对亲属关系非常敏感,我们在黄河口歌谣中有骂"舅妈"或"嫂子"这些嫁入本家的外姓女人的篇章。在整个黄河口歌谣里,几乎所有的"舅妈"和"嫂子"都是被丑化、被批判、被否定的对象。例如《槐树槐》:

> 柳树柳,槐树槐,
> 槐树底下扎戏台。
> 戏台一边盼闺女,
> 望着望着闺女来。
> 爹看见,接包袱,
> 娘看见,快接孩儿,
> 嫂子看见一拽啦,
> 恼了小姑甩了辫儿。
> 嫂啊嫂,你甭拽,
> 为了爹娘俺才来,
> 来日爹娘不在了。
> 谁也甭沾谁的边。③

伙伴交往与亲子交往几乎同等重要。伙伴交往是童年生活的重要构组成部分,也是促进儿童社会性能力形成与发展的重要因素。首先,在认知层面,从"找啊找啊找朋友,找到一个好朋友"开始,儿童就对亲密的伙伴关系寄予了许多美好的期望。像下面的这首儿歌《炸馃子》,对于儿童建立健康和谐的伙伴关系具有十分积极的意义:

> 炸,炸,炸馃子,
> 腰里掖着铜蝎子。
> 你搭胭脂我搽粉,
> 咱俩打个哩哩滚。
>
> 炸,炸,炸油馃,
> 你摊煎饼我烧火。
> 你一半,我一半,

---

① 东营市文联. 东营民谚民谣 [M]. 北京:中国文联出版社,2002:153.
② [美]何兰德(Hudson. T)、[英]布朗士(Blanche. K)著,魏长保、黄一九、宣方译. 孩提时代 [M]. 群言出版社,2000:18.
③ 东营市文联. 东营民谚民谣 [M]. 北京:中国文联出版社,2002:157.

咱俩做个好买卖。

炸,炸,炸油馃,
你拿我柴,我烧火。
烧烧烧,不用我,
咱俩一起都坐下。①

在行为层面,儿童社会性的发展主要体现在伙伴游戏中。在丰富多彩的伙伴游戏中,儿童的社会性能力得以养成和发展,包括:"儿童具有发起、参与交往的兴趣、主动性与积极性、对他人的态度、意图的敏感、表达与协调自己与他人的想法与行动的能力"②。儿歌就是一个巨大的资源库,为儿童开展伙伴游戏提供了极为丰富的素材。

(三)儿歌与儿童社会规则系统的建构和发展

儿童社会规则(范畴)系统的发展,包括:性别角色、社会角色、社交规则、社会规范和社会道德等规则意识的建立与发展。儿童的社会规则意识是其实现社会性发展的必要内容,也是检测其社会性发展水平的一个重要标杆,其形成必定经历一个被引导的过程。对儿童来说,儿歌是一个蕴含各种社会规则的资源库,念唱儿歌的过程就是一个认知社会规则,并内化社会规则的过程。

泰勒·何德兰说:"教孩子们唱歌的人精神境界各不相同,儿歌的教育意义也就各不相同。比如《小老鼠》那首歌,教给孩子们的既有警告,也有惩戒。小老鼠爬到灯台上去偷油吃,结果却下不来了,这就是对小老鼠偷吃行为的惩罚。这就告诉孩子们,如果他们乘妈妈不在家的时候偷吃橱柜里的东西,他们就会像小老鼠一样受到惩罚。尽管小老鼠无助地呼喊奶奶,但奶奶却不来救它。但考虑到孩子们的同情心,所以,歌中又让小老鼠卷成一个球,滚下灯台逃走了。"③泰勒从作品的教育内涵和儿童接受心理两个层面对这首中国传统儿歌作了精彩的分析。我们从中能看到到了儿歌对儿童社会规则意识的形成所起的潜移默化的教化作用。

从黄河口儿歌中我们能找到很多例子来说明儿歌里的蕴含着社会规则。从童年早期听到的儿歌开始,孩子就被教导要自己的事情自己做。例如下面这首《大公鸡,红头冠儿》:

大公鸡,红头冠儿,
喔喔叫,报明天儿。
哥哥起来去念书,
姐姐起来绣花边儿,

---

① 东营市文联. 东营民谚民谣 [M]. 北京:中国文联出版社,2002:128.
② 刘焱. 儿童游戏通论(第二版)[M]. 北京:北京师范大学出版社,2008:221-222.
③ [美]何兰德(Hudson. T)、[英]布朗士(Blanche. K)著,魏长保、黄一九、宣方译. 孩提时代 [M]. 群言出版社,2000:16.

> 爹爹起来去种地，
> 妈妈起来去做饭儿，
> 娃娃起来找衬衫，
> 自己的衣服自己穿。①

再进一步，孩子被教导要尊敬长辈、孝敬老人，富于此类教育内涵的黄河口儿歌有很多，比如《纺棉花》：

> 嗡嗡嗡，纺棉花，
> 一纺纺了个大甜瓜，
> 爷一口，娘一口，
> 给俺奶奶留一口，
> 剩下个瓜把自己留。
> 好孩子有出息。
> 给你买个拨浪鼓，
> 白天拿着玩，
> 夜里打马虎。

孩子再长大一些，其被教育的内容更加丰富了，比如《上学去》：

> 一二三，三二一，
> 爸爸领我去赶集。
> 买书包，买铅笔，
> 到了学校考第一。②

这首儿歌教育儿童要上学好好读书，考试取的好成绩。

然而，孩子仿佛天生是"自私的动物"，不愿意与他人分享与合作。黄河口儿歌里有很多教导孩子建立他人观念，"去自我中心"意识，懂得与他人分享和合作的篇章。而这些儿歌，是发展儿童亲社会性心理和行为的一所好学校。例如，黄河口儿歌《买长果做瓣瓣》，可以说是"教导孩子学会与人分享"的最佳教材。

> 小大的孩，都来玩，
> 买长果，做瓣瓣。
> 你一瓣，我一瓣，
> 剩下这瓣喂小燕。
> 喂的小燕肥肥的，
> 牵着小燕赶集去。③

如果再进一步上升到人生层面，儿歌俨然成了我们的"人生教育课程"。课程内容非常丰富，比如儿歌《挑扁担》可以培养孩子的"吃苦耐劳""孝敬老人"等优良品质：

---

① 东营市史志办公室.岁月如歌——东营老民谣［M］.北京:方志出版社,2018:325.
② 东营市文联.东营民谚民谣［M］.北京:中国文联出版社,2002:150.
③ 东营市史志办公室.岁月如歌——东营老民谣［M］.北京:方志出版社,2018:326.

挑，挑，挑扁担，

挑起扁担上庄南。

满地里长满了地瓜蛋，

一筐一筐都装满。

挑，挑，挑扁担，

挑到家来煮粘粘。

奶奶吃了不粘牙，

爷爷喝了心里甜。[①]

总之，儿歌对于儿童的社会性发展有两个作用：一是为儿童社会性发展提供资源，二是通过儿歌游戏促进儿童的社会性发展。对伙伴交往来说，儿歌游戏一方面可以有利于儿童掌握伙伴交往技能，努力被群体接纳，使儿童具有合作精神和合作技能；另一方面，儿歌游戏与其他儿童游戏一样，有助于儿童"去中心化"，收获一个更为阔大的自我，从而将儿童的社会性发展水平提升到一个新的层面。

---

① 东营市史志办公室. 岁月如歌——东营老民谣 [M]. 北京：方志出版社，2018：86.

第八章
黄河口民间歌谣的保护与传承

第一节　黄河口民间歌谣的传承现状

　　黄河口民谣是黄河口历史文化的产物,是黄河口人民集体创作的共同成果。但是由于时代的发展、生活环境的改变、多元文化的渗入,黄河口民谣已经不像从前那样在每个黄河口孩童口中传唱。为了更好地了解黄河口民谣的保护与教育传承现状,探寻黄河口民谣黄的保护与教育传承途径,我们采用问卷调查的方式对东营市的幼儿园、小学、高校以及社会进行了调查与分析,针对不同领域设计了不同形式的问卷,进而了解黄河口民谣的保护与教育传承现状。

一、调查对象

　　研究者通过对东营市区的三所幼儿园家长、三所小学的小学生、一所高校(音乐学专业学生)以及社会大众进行了问卷调查。

二、问卷设计和发放

　　为了针对不同调查对象对于黄河口民谣的了解以及对黄河口民谣的保护与传承的意见和建议。我们分别设计了四套不同的问卷用以调查。

(一)幼儿园学生家长问卷(详见附录一)

　　本套问卷一共发放了 300 份,回收有效问卷 223 份。填写这套问卷的是幼儿园学生家长,问卷主要在于了解幼儿和家长对于黄河口民谣的熟悉程度、以及黄河口民谣在家庭环境中的传承情况。

(二)小学生问卷(详见附录二)

　　本套问卷一共发放了 300 份,三所调查学校每所 100 份,共回收有效问卷 285 份。填写这套问卷的是各小学在读的 3～6 年级的学生,所以我们在编写问卷时,内容设置相对简单,问题也较少。问卷主要在于了解小学生对于黄河口民谣的熟悉程度以及黄河口民谣在学校教育中的传承环境。

(三)大学音乐学专业问卷(详见附录三)

本套问卷一共发放了 100 份,回收有效问卷 91 份。填写这套问卷的是大学音乐学专业的学生。问卷主要在于了解高校音乐学专业的学生对黄河口民谣的了解程度,以探讨黄河口民谣如何与高校音乐学专业相结合,实现更好的发展和传承。

(四)社会大众问卷(详见附录四)

本套问卷一共发放了 200 份,回收有效问卷 188 份。填写这套问卷的是随机抽取的东营市民,问卷主要在于了解社会群众对于黄河口民谣的熟悉程度以及民众对保护黄河口民谣的建议。

三、问卷分析

(一)黄河口民谣在家庭教育中的传承情况

这一部分的参考数据为幼儿园家长问卷(详见附录一)。问卷调查期间,得到了在幼儿园实习的学前教育专业同学的帮助,在三所幼儿园发放 300 份问卷,根据回收的 223 份有效问卷进行分析,具体调查数据分析如下:

1. 幼儿园学生对于黄河口民谣教育传承情况

表 8-1　儿童会唱黄河口民谣情况调查表

		1-5 首	80%
会	85.2%	6-10 首	17%
		10 首以上	3%
不会	14.8%		

问卷调查结果表明,85.2%的孩子会唱黄河口民谣,其中会 1～5 首的占 80%,会 10 首以上的仅有 3%。可见:黄河口民谣对于幼儿园阶段的孩子并不是完全陌生的,大多数孩子都可以哼唱,但是普遍情况就是孩子会唱的黄河口民谣都很少。

调查结果显示,幼儿园中的孩子了解黄河口民谣的方式主要来源于家庭。有 49%的孩子从家长那里了解;28%的孩子从幼儿园了解,23%的孩子从小伙伴那了解。因此,家长要加强对黄河口民谣的了解。

2. 幼儿园学生家长对于黄河口民谣的了解程度

调查结果显示,有效问卷中幼儿园学生家长的年龄分布为:6.7%的家长在 1970～1979 年之间出生,83.8%的家长在 1980～1989 年之间出生,9.5%的家长在 1990～2000 年之间出生。

根据问卷调查的数据，我们发现家长和孩子对于黄河口民谣的熟悉程度是差不多的。76.6%的家长会唱 1～5 首民谣；21.5%的家长会唱 6～10 首民谣；0.9%的家长会唱 10 首以上民谣。

在会唱 6～10 首黄河口民谣的这部分家长，出生于 1980—1989 年之间的有65.7%；会唱 10 首民谣以上的家长都出生于 1980 年以前。由此可见，年龄越大的家长对黄河口民谣的熟悉程度越高。

3. 黄河口民谣的家庭教育现状

表8-2　家长给孩子唱黄河口民谣的情况调查表

您在闲暇时间会给孩子唱民谣吗？		
经常唱民谣	很少唱民谣	基本不唱民谣
12.8%	63%	24.2%

根据表 8-2 的数据可以得知，黄河口民谣在家庭传承中的氛围不太好，仅有 12.8%的家长经常给孩子唱黄河口民谣。现场访问得知，原因主要有两点：一是家长本身对黄河口民谣就是了解甚少，二是繁忙的工作和生活压力让家长没有更多的精力去给孩子普及或是带着孩子去了解黄河口民谣。

表8-3　家长传承黄河口民谣的意愿情况调查表

您觉得黄河口民谣是否有必要继续传承？	
有必要，民谣是传统文化的组成部分之一。	49.1%
没必要，现在已经是新时代，不需要传承旧思想。	23.8%
无所谓。	27.1%

表 8-3 的数据表明，黄河口民谣的传唱在当地家庭教育中不太受重视，只有将近半数的幼儿家长认为应该继续传承。27.1%的幼儿家长对传承黄河口民谣保持着无所谓的态度。可见，黄河口民谣的传承发展现状十分堪忧。

（二）黄河口民谣在小学教育的传承情况

这一部分参考数据为小学生问卷（详见附录二）。我们对东营市的三所小学发放了300 份问卷，根据回收的 285 份有效问卷进行分析，具体调查数据分析如下：

1. 对黄河口民谣的看法和熟悉程度

根据调查结果显示，接受问卷调查的小学生年龄层分布：2007 年—2008 年出生的占75%，2009 年出生的占 10%，2010 年出生的占 15%。

根据问卷的调查结果汇总发现：学校的课程和家长的普及是孩子们认识黄河口民谣的主要途径，其次是平时的日常游戏、网络和电视等。83%的学生能够唱出黄河口民谣，85%的学生对黄河口民谣感兴趣，孩子们认为民谣风趣幽默、朗朗上口，并且富于趣味性,可以在生活中和游戏中解闷。同时它带有强烈的地方特色,因此孩子们愿意接受,还可以在其中增长见识、懂得道理。而 15% 的同学不喜欢黄河口民谣的原因大概有两点:一是外来念书的学生,对本地的方言不是很了解;二是觉得民谣太过于老土,没有与时俱进,所以不感兴趣。可见,当地小学生对黄河口民谣有一定的认知,大部分学生还是愿意接受的,这为我们在小学课堂推广黄河口民谣提供了有利的前提。

表8-4　小学生对黄河口民谣熟悉程度情况表

会	83%	1-10首	94%
		10首以上	6%
不会	17%		

根据表 8-4 来看,小学生对于黄河口民谣并不陌生,但是会唱十首以上的孩子只是很少的一部分,只占了会演唱黄河口民谣小学生中的 6%。可见,黄河口民谣在小学生中的普及程度还需要提高。

2. 黄河口民谣在小学教育的现状

根据有效问卷的数据分析,62.5% 的学生表示在学校的语文课、音乐课和阅读课上会对黄河口民谣有接触。但是学生们接触到的民谣只是边边角角的一部分,或者是只知道个别的经典民谣,没有接受详细和系统的教育。在问卷"如果学校开设黄河口民谣相关课程你是否喜欢?原因是什么?"学生们对这一问题的回答见表 8-5:

表8-5　小学生对开设黄河口民谣课程的接受程度

如果学校开设黄河口民谣相关课程你是否喜欢?原因是什么?		
喜欢	76.5%	① 黄河口民谣很有趣味性,学习起来很轻松。 ② 可以通过黄河口民谣了解到地区文化。 ③ 学会之后可以跟家长和朋友一起分享,拉近距离。
一般	18.6%	无所谓,不喜欢也不排斥。
不喜欢	6.7%	① 不喜欢黄河口民谣,所以也不喜欢课程。 ② 黄河口民谣已经过时了,跟不上时代潮流。 ③ 多一门功课需要考试,所以不喜欢。

由表 8-5 我们可以看出,黄河口民谣在小学设置课程是被大部分同学接受的,学生对于民谣有一定的兴趣。因此,我们对黄河口民谣要与时俱进,新童谣的创编势在必行。

(三)黄河口民谣在大学教育的传承情况

这一部分参考数据为大学生问卷(详见附录三)。我们一共发放问卷 100 份,回收有效问卷 91 份。具体调查数据分析如下:

1. 对黄河口民谣的熟悉程度

根据问卷调查的结果,在 1999 年后出生的学生占 84.3%;其中本地学生占 24%;外地学生占 76%。高校音乐专业学生对于黄河口民谣的熟悉程度见表 8-6:

表 8-6　高校音乐专业学生对于黄河口民谣的熟悉程度

会	32.7%	1-10 首	96.9%
		10 首以上	3.1%
不会	67.3%		

由表 8-6 可以看出,高校音乐学专业的外来学生对黄河口民谣的了解程度极低,能唱 10 首以上民谣的只有 3.1%。

2. 大学音乐学专业学生如何看待黄河口民谣

表 8-7　高校音乐专业学生对传承黄河口民谣的意愿情况

您觉得黄河口民谣是否有必要继续传承?	
有必要,黄河口民谣是黄河口传统文化的重要组成部分	78.7%
没必要,对新时代儿童没有什么意义	11.3%
无所谓	10%

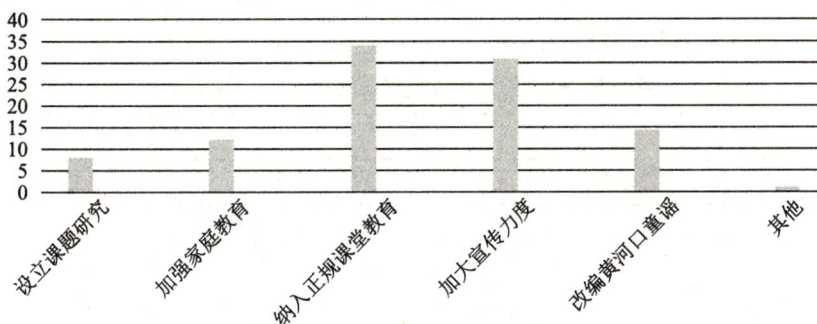

图 8-1　高校音乐专业学生对保护、传承黄河口民歌的建议

从上面两个图表可以看出,黄河口民间歌谣的保护与传承在高校没有引起足够的重视。有 21.3% 的学生认为没必要传承黄河口民谣,甚至是无所谓的态度。对于黄河口民间歌谣的保护、传承,高校音乐专业学生的建议首选是纳入正规课堂教育,其次为加大宣传力度、改编黄河口民间歌谣。可见,黄河口民间歌谣融入本土高校音乐学专业具有一定的可行性。

表 8-8　高校音乐学专业学生对开设黄河口民间歌谣欣赏课的看法

问题	选项	占比
您认为您的专业是否有开设黄河口民间歌谣欣赏课的必要?	A、有	72.1%
	B、没有	27.9%
您认为您的专业开设黄河口民间歌谣欣赏课程有何意义? （可多选）	A、保护、传承地方本土文化	34.2%
	B、强化本土文化教育	24.6%
	C、打造具有地方音乐教育特色品牌	38.1%
	D、其他	3.1%

表 8-8 这组数据直接反映了高校音乐学专业学生对于在其专业开设黄河口民间歌谣欣赏课的态度,72.1％的学生认为有必要开设黄河口民间歌谣欣赏课,可见,在高校音乐学专业开设黄河口民间歌谣欣赏课是有一定的学生基础。通过在黄河口高校音乐学专业开设黄河口民间歌谣欣赏课,可以保护、传承黄河口本土文化,同时能够打造具有黄河口地方音乐教育特色品牌,为当地音乐教育提供新的突破口。

(四)黄河口民谣在社会教育的传承情况

这一部分参考数据为社会群众问卷(详见附录四)。我们采用随机发放问卷的方式对东营市民随机发放问卷 200 份,根据回收的 188 份有效问卷进行分析,具体调查数据分析如下:

1. 社会群众对黄河口民谣的熟悉程度

这一组问卷调查中,年龄跨度很大,体现了不同年龄对于黄河口民谣的了解情况。根据问卷统计结果,有效问卷中,23.8％的群众在 1970 年以前出生;21.2％的群众在 1970-1979 年之间出生;23.8％的群众在 1980-1989 年之间出生;28.7％的群众在 1990-1999 年之间出生;2.5％的群众在 2000 年之后出生。

表 8-9　社会群众对黄河口民间歌谣的传唱情况

1-5首	6-10首	10首以上	几乎不会唱,完全没有印象
68.5％	13.2％	1.2％	17.1％

根据表 8-9 的数据显示,只有 1.2％的人会唱十首以上的黄河口民谣,然而这部分全是 1970 年以前出生的。可见,哺育了几代人的黄河口民间歌谣在当代社会中的印记正在淡化。

2. 社会群众对黄河口民谣的看法

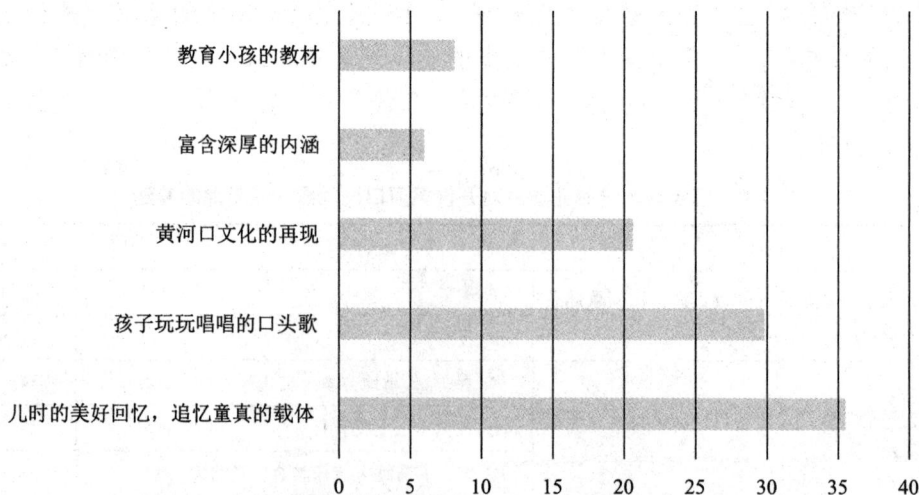

图 8-2　社会群众对黄河口民谣的看法

表8-10　黄河口民谣流失的原因

问题	选项	比例
您认为黄河口民谣流失的原因是什么？	A. 生活环境的变化	31%
	B. 文件资料太过匮乏	15.2%
	C. 家庭教育的影响太小	16%
	D. 传播的力度太小	14.9%
	E. 黄河口民谣自身的局限性	12.7%
	F. 学校没有相关课程，缺乏相关教育	10.2%

由上面两个图表的数据统计，可以发现：人们对于黄河口民间歌谣的认识基本停留在民谣外在的表现形式上，黄河口民间歌谣所富含的深厚内涵及其社会教育功能还没有得到应有的重视。

可见，多方面的原因使得黄河口民间歌谣逐渐流失，若再不采取有效的保护与传承措施，长此下去，不仅当地小孩的童年将失去一份乐趣，错过一段对黄河口历史往事的认识，而且黄河口民间歌谣文化也很可能逐渐消失。

3. 黄河口民谣的社会教育传承情况

表8-11　群众对黄河口民谣传承的看法

问题	选项	比例
您觉得是否有必要保护和传承黄河口民谣？	A. 有必要继续传承下去，黄河口民谣也是我们文化的一部分。	86.5%
	B. 没有必要继续传承，过去的思想和经验太过老旧，不适合现在的孩子。	8.3%
	C. 无所谓。	5.2%
您会把黄河口民谣教给您的孩子吗？	A. 会，传承文化是必要的。	23.5%
	B. 可能吧，等有机会。	63.5%
	C. 不会，现在有很多更适合孩子学习的，以往的民谣不流行了。	13%

由表8-11可以看出，黄河口民间歌谣是黄河口文化的重要组成部分，86.5％的群众认为很有必要将其保护好并重新传唱起来。然而，只有23.5％的人表示一定会将黄河口民谣教给自己的小孩，这一教育传承现状很不乐观。对于学前儿童而言，如果家长不愿意教，孩子在家庭中就缺少学习氛围，就丢失了认识黄河口民间歌谣的主要途径。

在保护与传承的对策上，此份问卷的调查结果与高校问卷调查结果有呈现了不同。

表 8-12　群众对于保护和传承黄河口民谣的建议

问题	选项	比例
您认为保护和传承黄河口民谣哪些办法更好？	A. 黄河口民谣走入课堂	5.2%
	B. 设立部门进行专项研究	7.4%
	C. 提高家庭教育的作用	15.5%
	D. 扩大对黄河口民谣的宣传	19.0%
	E. 对黄河口民谣进行改编,紧跟时代潮流	51.9%
	F. 其他	1%

表 8-12 的统计数据显示:相较于高校音乐学专业的学生,大众选择改编黄河口民间歌谣让其与时俱进的比例超过了加大宣传力度。因此,黄河口民谣的改编、创作需引起更多民谣研究者和爱好者的关注与重视,以创作一批具有时代性的新黄河口民谣的优秀代表作品。

第二节　黄河口民间歌谣的保护方案

随着全球化趋势的加强和现代化进程的加快,我国的文化生态环境发生了巨大变化,一些依靠口授和行为传承的文化遗产受到了严重冲击。黄河口民间歌谣来源于民间,传唱于民间,但由于时代的发展,生活方式的变化,黄河口民间歌谣面临着失传的窘境。在今天四十岁以下的黄河口人当中,很难找到能哼上几首黄河口民间歌谣的人。黄河口民间歌谣是黄河口地方文化的缩影,浓缩着几代黄河口人民儿时的美好回忆,我们应积极行动起来,探究其保护传承方案。

一、成立黄河口民谣保护机构

我们提倡成立黄河口民间歌谣保护的专门性机构。例如成立黄河口民谣馆,主要工作有三部分:一是搜集黄河口民谣的文本资料(专著、论文、访谈记录等)、音像资料(照片、录像、录音等);二是对搜集的资料进行分类整理;三是按照不同的类别设立各自的专柜或专室分别归档、陈列。

二、开展黄河口民谣的整理工作

可以发动东营市三区两县文化站的工作人员和了解东营当地街道、社区、村镇情况并熟悉黄河口风土人情的市民,成立黄河口民间歌谣调研小组。调研小组组织好人力、物力,深入到东营市三区两县的街道、社区、村镇,尤其是老人聚集的地方,全面展开黄河口民间歌谣搜集、调研工作。调研中要做好访谈、照片、影像记录,最后,将收集到的黄河口民间歌谣及相关资料进行分类整理,归库立档。

三、保护黄河口民谣传承人

要保护好黄河口民间歌谣的"泉眼"——传承人。一方面,对已有的传承人要授予荣誉并给予必要的物质生活保障;另一方面,要进一步扩大黄河口民间歌谣传承人队伍,同时对新一代传承人要加强培训,为黄河口民谣的传承、发展提供动态的持续性的保护。

四、运用现代科学技术,积极开展保护工作

对于黄河口民间歌谣的保护与传承工作也应该紧跟时代步伐。可以运用计算机、软件、网络等现代信息技术开发黄河口民谣数据库,同时建立黄河口民谣网站,为人们了解黄河口民谣提供更加方便快捷的现代化通道。

第三节　黄河口民间歌谣的教育传承对策

黄河口民间歌谣是历史文化的产物,是黄河口人民集体创作的结晶,是黄河口地区宝贵的非物质文化遗产。对其一味的保护只是扬汤止沸,若让黄河口民谣深深扎根在黄河口大地,我们更需要注重的工作是黄河口民谣的传承。

一、加强宣传力度,成立黄河口民谣教育基地

通过问卷调查的统计结果可知,目前我们需要加大黄河口民谣的宣传力度。除了依托电视、网络等新传媒进行宣传,还可以成立黄河口民谣教育基地,充分发挥黄河口民谣所具有的德育价值,全方位提升黄河口域内少年及幼儿的文明礼仪素养和思想道德素质。因此,基地的主要功用分为两部分。一部分的主要功能是全面分析总结黄河口民谣的特色,挖掘其符合社会文化道德需求的元素,并进行深入研究。另一部分的主要功能在于传承、传播黄河口民谣。一方面可以开设黄河口民谣班,让少年及幼儿充分了解黄河口民谣,促进他们在生活常识、地方文化、风俗人情、语言文字等方面的学习,培养少儿形成尊老爱幼、勤劳朴素等优良品德。另一方面可以开展黄河口民谣夏令营,让当地的少儿与其他省、市,甚至是外国的儿童以民谣为媒介进行交流。同时,还可以增强少儿的团队合作能力和沟通交往能力,提高少儿自我评价、自我教育、守纪律、团队协作、积极进取等能力。

二、加强黄河口民谣的师资建设

要推广和宣传黄河口民谣,就一定要有熟悉、了解、懂得黄河口民谣的专业人士,这样才能保证我们黄河口民谣的传承质量。

首先,召集黄河口民谣研究领域的专家、学者对黄河口民谣进行系统的整理与研究,编写黄河口民谣的相关教材。

其次，完善黄河口民谣的师资建设，对小学音乐教师进行相关培训，如此，才能保证黄河口民谣才能更好的走进当地小学的音乐课堂。同时，地方高校的音乐学专业承担着为当地中小学音乐教育输送人才的重要责任。因此，当地高校音乐学专业可以适当增加学黄河口民谣的教学内容，提升音乐学专业的学生对黄河口民谣的认识，更好地为域内民间歌谣的教学提供专业的后备力量。

第三，加强音乐教师与黄河口民谣研究学者以及黄河口民间歌谣传承者的交流、沟通与合作，可以多开展一些科研交流、经验交流或者娱乐、采风活动，营造良好的民谣氛围。

三、推动黄河口民谣进校园

黄河口民间歌谣是黄河口文化的重要组成部分，将其纳入地方校园教育，打造地方特色教育品牌，可以更好地将黄河口民间歌谣传承下去。

1. 黄河口民间歌谣进小学

根据调查结果，目前，黄河口各小学的课程设置中没有民谣课，为了能够让儿童更好地掌握黄河口民间歌谣，可以将黄河口民间歌谣融入到小学的语文课或音乐课课程设置当中。

因为五、六年级的学生面临中考升学的压力，所以黄河口民间歌谣课程可以针对一至四年级的小学生开设。同时，小学生多数为本地生源，方言方面的语言基础很好，可以采用黄河口方言进行教学。课程设置方面，将每个学期语文课和音乐课各自的1/8课程设为黄河口民谣课。语文课上，按照黄河口民谣的系列内容进行教学，从语言、文字、民俗风情、励志等方面出发，让学生学习黄河口民童谣的同时学到知识，熏陶情操，认知家乡。音乐课则主要从节奏、旋律等音乐元素出发，让学生能够逐渐从熟练演唱到自主编创黄河口民谣，在愉悦课程氛围中将黄河口民谣继承发扬。

此外，可以在在校园广播、宣传栏中融入黄河口民谣板块，也可以举办民谣创作（演唱）比赛，全方位加大黄河口民谣的宣传力度，营造良好的校园氛围。在此基础上，各小学还可以成立黄河口民谣合唱团，将编配好的传统黄河口民谣或新创作的黄河口民谣用小组唱、合唱等方式进行演绎，以民谣丰富学生们课余生活。

2. 黄河口民间歌谣进高校

长久以来，受传统音乐教育模式的影响，高校音乐学专业的教学侧重于学生音乐表演能力的培养，往往忽略了本土音乐文化传承以及与当地中小学音乐教育实际的紧密联系。因此，高校音乐学专业的课程设置一方面应该与本土音乐文化接轨，将黄河口民谣融入高校音乐专业的课程体系，打造黄河口地方特色音乐教育品牌；另一方面要与当地中小学音乐教育接轨，发挥服务地方音乐教育的作用。

从问卷调查统计结果来看，东营地区高校音乐学专业学生中，外地学生较多，他们对于黄河口民谣比较陌生、甚至完全没有听说过。因此，首先要做的是加大黄河口民谣在高校的宣传力度。可以在校园广播中开设黄河口民谣板块；还可以成立黄河口民谣专项研究小组，由老师带领学生进行黄河口民谣方面的大学生创新创业课题研究；还可以举行黄河口民谣采风、创作大赛、合唱比赛等一系列与黄河口民谣相关的活动。同时，高校还可以面向全校开设黄河口民谣选修课，为大学生提供了解认识黄河口民谣的渠道与窗口，让大学生们逐渐对黄河口民谣产生兴趣。

黄河口民谣的音乐学专业选修课及全校通识教育选修课相关课程设置设想如表8-13：

表8-13　黄河口民谣的高校音乐学专业及全校通识教育选修课课程设置

课程名称	课程内容	课程性质	学期数	每学期课时
黄河口方言	黄河口方言的发音、吐字、归韵等	专业选修 通识教育选修	1	32
黄河口民谣 赏析与创作	诵读传统黄河口民谣，对其背景、文字、内涵进行解析，并进行新黄河口民谣的创编	专业选修 通识教育选修	1	32

其中，黄河口民谣赏析与创作课程可以做如下安排，见表8-14：

表8-14　黄河口民谣赏析与创作课程安排

课程名称	单元名称	主要内容	课时
黄河口民谣赏析与创作	传统黄河口民谣的起源与基本特点	介绍传统黄河口民谣的历史背景、语言特点、演唱特点等，让学生对黄河口民谣有初步的认识。	2
	传统黄河口民谣与黄河口乡土文化渊源	方言民谣解读黄河口地方民风民俗	4
	经典传统黄河口民谣解析与学唱	对一些经典之作进行详细讲解，进一步了解黄河口民谣，用方言学唱，并指导学生进行创造性表演。	12
	黄河口民谣创编	在黄河口民谣有一定了解的基础上，指导学生结合自己生活的体验进行新黄河口民谣创编。	14

高校在生源方面较为广泛，所以在高校音乐学专业乃至全校开设黄河口民谣相关课程的内容比小学要广泛得多。学习、了解了一些黄河口方言的发音、吐字、归韵、词组构成的特点，有益于外地学生更好地了解黄河口民谣的背景、把握黄河口民谣的特色；通过经典民谣的解读，让学生黄河口地方民风民俗，更近距离地感受黄河口民谣，为创编奠定基础。

四、黄河口民谣教育的社会传承

2005年3月26日，国务院办公厅以国办发〔2005〕18号印发《关于加强我国非物质文化遗产保护工作的意见》，强调坚持"'保护为主、抢救第一、合理利用、传承发展'的工作方针，在具体实施上要求'政府主导、社会参与，明确职责、形成合力；长远规划、分步实施，点面结合、讲求实效。'"政府在黄河口民间歌谣的保护传承中，要积极发挥主导作用：

第一，提高重视，出台相应政策。2006年11月6日，文化部颁布《国家级非物质文化遗产保护与管理暂行办法》、2011 年 2 月 25 日主席令（第四十二号）颁布《中华人民共和国非物质文化遗产法》对地方政府在非物质文化遗产方面的职能做了明确界定：制定和实施非物质文化遗产保护政策和规划,成立工作组织,制定保护名录,建立工作机制,组织开展调查、宣传和监督管理,对社会团体和组织开展活动予以政策支持和经费资助等。地方政府可以参照国家政策,出台保护传承黄河口民间歌谣的相应政策。

第二,加大宣传,举办多彩活动。政府主管部门要借助电视、电台、网络媒体等新媒体加大黄河口民谣的宣传力度,同时加强黄河口民谣的推广活动,如举办黄河口民谣比赛、黄河口民谣展演等活动。如此,才能让黄河口民歌面向更广大的群众,普及给更多的人群。

第三,注重落实,带动广大群众。黄河口民谣的传承与发扬离不开地方文化团体的宣传、助推,更离不开地方社会大众的参与和支持。市文明办、市文联、市音乐家协会、市少年宫等东营地方文化团体可以与东营市教育局、各中小学、社区加强交流,联合举办黄河口民谣合唱比赛、新黄河口民谣创编大赛、黄河口民谣汇演等活动,共同推动黄河口民谣的保护与传承。这些推广活动不止适用与青少年学生,同样适用于中年父母以及年长的老年人,多层面地推广黄河口民谣能够解决黄河口民谣教育的断层问题,同时,也可以为黄河口民谣的家庭教育传承提供更多的教育资源,充实幼儿黄河口民谣的家庭教育环境。

五、黄河口民谣教材编订

教材是教育思想、教育目标的载体。黄河口民谣教材不仅要实现全面、细致搜集,而且每首民谣的介绍也应尽量详尽,尤其是地方特色的介绍更是教材中必不可少的重要内容,可以让学习者更近距离地体会黄河口民谣的魅力,了解黄河口文化。

根据学习者在年龄、学识方面的差异,要编写不同版本的教材。对于小学生,尤其是低年级的学生,由于年龄、学识等因素的限制,教材中可以多配一些图片,或者多媒体动画光碟,而文字部分的介绍要尽量精简,以提升学生学习的积极性。面向高校音乐学专业大学生的黄河口民谣教材,文字介绍可以尽量丰富,同时收录一些为传统黄河口民谣进行曲谱新编或是新创作的作品,并将作品制作成五线谱,并写出演唱提示,有利于高校学生把握黄河口民谣的文化魅力和演唱特点。

六、创编新的黄河口民间歌谣

由一代代黄河口人口传心授流传下来的传统黄河口民谣已经无法满足当代青少年的需求,我们还需要在传承的基础上进行创新,创作一批优秀的、顺应当代社会发展、贴近当代少儿现实生活的新黄河口民谣作品。

新黄河口民谣的创编可以是以传统黄河口民谣为基础,为传统民谣的词句配新的歌曲旋律,也可以以传统黄河口民谣的节奏、归韵特点为基础,进行词句创作,使描述的内容更贴近当今社会生活、时代的发展;还可以把词、曲全部进行全新的创作。

第九章
部分黄河口民间歌谣选录

为了使读者对黄河口民间歌谣有更进一步的了解,我们从《岁月如歌——东营老民谣》《东营民谚民谣》《黄河三角洲民俗文化》中选取了一些有代表性的黄河口民间歌谣,收录如下。选录的原则是按照劳动歌、时政歌、生活歌、仪式歌、情歌、劝世歌、诙谐歌、历史传说歌、儿歌九个小类,每类选几首典型的代表作供读者赏析。有些歌谣的归类可能会有偏差,我们以遵循原书为原则。另,对前八章已举例过的歌谣,本章不再重复。

一、劳动歌

1. 广北开荒号子

广北大平原哪——哎嗨。
荒碱连成片呀——哼哼。
农民生活苦呀么——哟儿哟吧。
年年缺吃穿哪——哼哼。[①]
组织起农救会哪,分房又分田呀,斗倒狗地主呀,穷人把身翻呀。
成立合作社呀,社员干得欢呀,打渔张放水呀,大家乐开颜呀。
荒碱变良田哪,广北赛江南呀,一心跟党走呀,好日子在后边哪。

2. 小纺车哗啦啦

小纺车,哗啦啦,俺那丈夫不在家。参加八路打鬼子,街坊邻里把他夸。柳枝青青柳叶长,小奴家房中做衣裳,绣上"抗日"两个字,送给前方俺那郎。[②]

3. 五小件

小纺车,摇钱树,百尺布来千匹布。天天摇着它,日子过得富。

---

① 东营史志办. 岁月如歌——东营老民谣 [M]. 北京:方志出版社,2018:16.
② 东营史志办. 岁月如歌——东营老民谣 [M]. 北京:方志出版社,2018:69.

小粪筐,聚宝盆,拾了牛粪拾马粪。天天背着它,地里生黄金。

小推车,轱辘圆,东运米来西运盐。天天推着它,家里不缺钱。

小锄头,亮又光,锄完麦子锄高粱。天天地里爬,庄稼长得旺。

小铁锨,二斤半,一挖挖到水晶殿。龙王见了就打颤,又作揖,又许愿,照办,照办,我照办!①

4. 旱涝保收歌

旱了收盐,涝了收船,不旱不涝收庄田。②

5. 六月里三伏好热天

六月里三伏好热天,背着辘轳去浇园。勤浇水来苗不旱,多锄地来苗齐全。③

6. 卖豆腐(二)

梆梆梆,卖豆腐,挑起担子到四户。四户人不多,挑起担子到盐窝。盐窝水太咸,挑起担子到齐都。齐都地太薄,挑起担子到下河。下河人眼精,挑起担子到马营。马营村太多,挑起担子到西坨。西坨地面苦,挑起扭子到新户。新户人太牛,挑起担子到六扣。六扣吹喇叭,挑起担子到薄家。④

二、时政歌

1. 军属光荣歌

丈夫前线支抗战,为奴心中好喜欢。

抗战才是英雄汉,杀敌救国保家园。

光荣灯,光荣匾,光荣大旗竖门前。

俺们军属真光荣,各种好事排在前。

看戏时,坐前边,贷粮贷款咱优先。

代耕队,把活儿干,铁匠、木匠帮助俺。

大伙儿一齐送温暖,叫俺军属心里甜。

写封信,寄前方,猛杀敌,保家园。⑤

2. 我劝丈夫把军参

一更里,黑了天,我动丈夫把军参。家里事情虽然多,半点不用你挂念。

二更里,月正东,我劝丈夫去当兵。为咱过上好日子,男儿都该进军营。

三更里,月正南,丈夫报名把军参。勇猛善战打胜仗,愿把蒋兵消灭完。

---

① 东营史志办. 岁月如歌——东营老民谣 [M]. 北京:方志出版社,2018:86.

② 张金路. 黄河三角洲民俗文化 [M]. 济南:齐鲁书社,2013:280.

③ 东营史志办. 岁月如歌——东营老民谣 [M]. 北京:方志出版社,2018:82.

④ 东营史志办. 岁月如歌——东营老民谣 [M]. 北京:方志出版社,2018:90.

⑤ 东营市文联. 东营民谚民谣 [M]. 北京:中国文联出版社,2002:18.

四更里,月正西,我的丈夫笑嘻嘻,千言万语嘱咐你,知心话儿记心里。

五更里,明了天,我的丈夫把衣穿。手把手儿送出庄,等你的喜报等你还。①

3. 爱国保家歌

春山如黛,兵马多如海。群众如潮来,敌人快滚开。把那失地收回来,变成个光明的和平世界。

你要诚心把国爱,不能把她来出卖。斗争和建设,全面都展开。国富民强,新中国人人爱。

抗战起,红色战旗多光彩,战马跑,新路开。人人都要把国爱,兄也来,妹也来,都把枪来带。要使国家人人爱,洒血献身都应该。②

4. 解放区好风光

解放区里好风光,土改生产乐洋洋。乐洋洋,在各乡,可恨蒋贼太疯狂。背信弃义打内战,奸淫烧杀赛虎狼。赛虎狼,是蒋党,要把民主一打光,自己力量不够用,丧权卖国求美帮。一打光,是梦想,青年武装上战场,打垮蒋贼反动派,保卫田园好家乡。③

5. 穷人大翻身

天晴了,雨停了,地主变成狗熊了。天亮了,变样了,穷人起来算帐了。孩子孩子好好睡,妈妈今天去开会。开会干什么,斗争大恶霸。讲讲理,出出气,要回咱那房子地,翻翻身,抬抬头,给你爹爹报报仇。别信鬼,别信神,共产党来了救穷人;穷人大翻身,黄土变成金。④

6. 你说识字多么好

北村有个王大嫂,从小没有上过学(xiao音)。她到商家去赶集,十元的票子当五毛。自从那次吃了亏一心一意上夜校。一天保证认三字,一年一千还冒冒。识了字,强、强、强,从今以后不上当。天下的大事都知道,你说识字多么好!⑤

7. 找了个丈夫不成才

旧风俗,理儿歪,害得小奴泪满腮。封建社会俺不出门,媒人巧言骗奴来。

他说丈夫好人材,岁数比俺大一半。眼又斜、嘴又歪,丝瓜脖子南瓜腮。脊梁比那头顶高,豁唇儿鼻子像八戒。不干活,光赌钱儿,俺什么时候才逃出来。⑥

---

① 东营市文联. 东营民谚民谣 [M]. 北京:中国文联出版社,2002:30.
② 东营市文联. 东营民谚民谣 [M]. 北京:中国文联出版社,2002:30.
③ 东营市文联. 东营民谚民谣 [M]. 北京:中国文联出版社,2002:16.
④ 东营市文联. 东营民谚民谣 [M]. 北京:中国文联出版社,2002:22.
⑤ 东营市文联. 东营民谚民谣 [M]. 北京:中国文联出版社,2002:45.
⑥ 东营市文联. 东营民谚民谣 [M]. 北京:中国文联出版社,2002:52.

三、生活歌

1. 短工谣(二)

短工不懂行,进了"三裕堂"。清晨汤儿,响午水儿,后晌饭汤没有米儿。听说要改善,五人一头蒜。恐怕分不着,非得稀糊烂。①

2. 扁豆花

扁豆花,一嘟噜,俺待家里织笼布。一织织了二尺半,双手托着给娘看。俺娘说俺织得好,双手托着给俺嫂。俺嫂嫌俺织得稀,掰了撑框砸了机。娘啊娘,送俺的②,俺不吃这窝囊气。俺爹送到当天井,俺娘送到大门西。俺哥把俺送出村,一直送到漫坡里。哥啊哥,对你讲,有咱爹,有咱娘,这条道儿走得长。没咱爹,没咱娘,这条道儿不来往。送你一根无鼻针,嫂子对俺没良心。③

3. 蒸了馍馍看婆婆

筛,筛,筛箩箩,蒸了馍馍看婆婆。婆婆坐在那炕头上,把那老脸一嘟当。媳妇见了把话讲,俺有个事儿求老娘:请你给俺个嘟当种儿,俺也种在俺炕头上。学着老娘那个样儿,俺也来它几嘟当!④

4. 这个日子怎么过

童养媳剜菜刚上坡,出门遇上娘家的哥。哥见妹妹心欢喜,妹妹见哥泪嗦嗦。你在咱家里不知道呵,我在婆家受折磨。清晨起来三担水,晚上推磨三更多,抱着磨棍打了个盹,狠心的婆婆来叫我;一脚踩了细面箩,拾起捧槌来打我。一天打了我三顿整,三天打了我九顿多。端着瓷盆去添锅,老高的门坎绊倒了我,盆打了个粉粉碎,屋道场子里流成河,公公打、婆婆骂,小姑子上来揪头发,哥呀哥,你说说,这个日子怎么过?⑤

5. 正月里闹花灯

正月里,正月正,正月十五闹花灯。爷爷指给孙子说,奶奶讲给孙女听。北面挂的雪里盏,南天门上穆桂英。东方水里开莲花,西游记里有悟空。走来观去天已亮,说来说去太阳升。⑥

6. 酒令(一)

一心敬,两相好,三桃园,四季来财,五魁首,六六大顺,七是巧,八仙寿,快喝清,十

---

① 东营史志办. 岁月如歌——东营老民谣 [M]. 北京:方志出版社,2018:21.
② 送俺的:方言,意思是要娘送她走。
③ 东营史志办. 岁月如歌——东营老民谣 [M]. 北京:方志出版社,2018:46.
④ 东营史志办. 岁月如歌——东营老民谣 [M]. 北京:方志出版社,2018:47.
⑤ 东营市文联. 东营民谚民谣 [M]. 北京:中国文联出版社,2002:41.
⑥ 东营史志办. 岁月如歌——东营老民谣 [M]. 北京:方志出版社,2018:56.

全到。①

四、仪式歌

1. 叫年蛾歌

年蛾，年蛾。收花不生虫儿。烤烤手，烤烤脚，粮食多得没处搞。大葫芦棒、小葫芦棒，银子钱往家扛。白闺女，黑小子。都来俺家吃饺子儿。②

2. 迎财神歌

门神户尉把门开，开门接进财神来。财神进门来，又添人口又添财。财神落了座，金银两大垛。财神往家窜，一步一个大金砖。财神往家跑，一步一个大元宝。说财神，道财神，左手金，右手银，怀里抱着个聚宝盆。今天财神来献宝，你家全家有福人。③

3. 结婚喜歌

两个红砖门上压，对联贴在大门庭。一对花轿四人抬，灯笼火把两边排。轿里坐的丞相女，轿杆一颤走起来。两面锣鼓开着道，旗罗伞扇后跟着。走大街，越小巷，来到阁老大门上。阁老门外落花轿，家里走出嫁客来。嫁客架新人，步步踏金银。铺红绒，迈红毡，二人跪在花堂前。一拜天，二拜地，三拜公婆常在世。四拜妯娌多和睦，五拜一对好夫妻。拜罢天地入洞房，明年添个状元郎。说好道好，白头到老。④

4. 婚庆歌

进大门，喜盈盈，大门以上挂彩红。大红喜联门上贴，红砖压上大门庭。龙凤门，过门红，大红灯笼耀眼明。影壁墙上贴双喜，锣鼓喧天震耳聋。忽听汽车喇叭响，原来新人到门庭。放鞭炮，礼花升，五颜六色起在空。一对新人进家门，两边伴娘紧跟随，先过火，日子越过越红火，后过鞍，日日月月得平安。公公喜，婆婆喜，一对新人来施礼。二人拜花堂，同进新喜房。进得洞房细打量，娘家陪送的好嫁妆。五开厨，沙发床，大立柜，靠着墙，八仙桌子在当阳，脸盆里，小麦黄，红绳拴葱都成双。梳妆台，新式样，大皮柜，小皮箱，内有名牌好衣裳，电视机，放录像，还有电脑和音响。洗衣机放在卫生间，太阳能安在屋顶上。不用烧火水就暖洋洋。煤气罐，电饭锅，做饭不用烧柴火。自行车，费力气，还有电摩和轻骑。大家看完哈哈笑，改革开放才过上这好日子。宾客今日来送饭，娘家明年来送米。⑤

---

① 东营史志办. 岁月如歌——东营老民谣 [M]. 北京：方志出版社，2018：49.

② 东营市文联. 东营民谚民谣 [M]. 北京：中国文联出版社，2002：187. 叫年蛾是阴历年除夕晚饭前举行的一种仪式。年除夕傍晚，家家户户在大门口点起一堆棉柴，念年蛾歌，然后放歌便炮，并把火种拿回家引火煮饺子。

③ 东营史志办. 岁月如歌——东营老民谣 [M]. 北京：方志出版社，2018：102.

④ 东营史志办. 岁月如歌——东营老民谣 [M]. 北京：方志出版社，2018：114.

⑤ 东营史志办. 岁月如歌——东营老民谣 [M]. 北京：方志出版社，2018：119.

5. 盖新房歌

远看一座山，师傅在两边。师博停停手，听我念几遍。一进大门观四方，四梁八柱在当央，四个金砖托玉柱，四根玉柱托金梁。生在云南贵州，长在卧龙岗上。根扎东洋大海，树梢能遮太阳。石头盘根砖垒墙，外贴瓷砖亮又光。门窗都是铝合金，内有卧室和厨房。锁皮厅，厦檐长，客厅好像大礼堂。美观坚固又大方，幸福日子万年长。①

6. 开丧歌

孝子跪灵棚，清酒奠三盅，得了团圆会，夜晚归坟茔。今天天气晴和，开丧大吉大利！②

五、情歌

1. 绣荷包

姐儿生来手就巧，知心郎君要荷包。你要荷包俺给绣，绣个故事瞧瞧：一绣八仙围盘坐，二绣王母拜蟠桃。三绣三英战吕布，四绣关公手提刀。五绣五鼠闹东京，六绣包公下阴曹。七绣喜鹊登枝头，八绣黄莺落树梢。九绣樵夫把柴打，十绣公子去赶考。一针一线带情意，情意装在郎心里。③

2. 黑妮自有黑对头

三十黑夜月黑头，黑两口子打黑豆。场黑豆没打完，黑娘生个黑丫头。黑妮长到十五六，黑爹黑娘犯了愁。妮说，爹别愁，娘别愁，黑妮自有黑对头。黑妮挎着黑篮走，黑菜装在黑篮里头。来了个黑小骑黑牛，见了黑妮黑眼瞅。你别看，你别瞅，咱俩就是黑对头。④

3. 给你个日子过哩年

柳树芽，刚冒尖儿，俺娘送俺到那边儿。那边有俺好婆家，丈夫想俺俺想他。
哥哥赶来铁瓦车，叫俺快走快拾掇。叫声哥哥先别急，我上绣房去梳洗。
上哩车，才待走，回头拉拉娘的手："娘哎娘，你快说，俺住婆家多时节？"⑤
俺娘把脸一绷绷，沉了半天才做声："反正隔着三里远，给你个日子过哩年。"⑥

4. 十五回来把月赏

郎的妻，孩的娘，吃罢饭，坐炕上。活儿没心做，两眼泪汪汪。

---

① 东营史志办. 岁月如歌——东营老民谣 [M]. 北京：方志出版社，2018：108.
② 东营史志办. 岁月如歌——东营老民谣 [M]. 北京：方志出版社，2018：124.
③ 东营市文联. 东营民谚民谣 [M]. 北京：中国文联出版社，2002：91.
④ 东营史志办. 岁月如歌——东营老民谣 [M]. 北京：方志出版社，2018：178.
⑤ 多时节：方言，多长时间的意思。
⑥ 东营市文联. 东营民谚民谣 [M]. 北京：中国文联出版社，2002：92.

他爹昨天刚回家，天明又要上前防。打败洋鬼子，再去打老蒋。
愿他别想家，安心在前防。我要学文化，妇女得解放。
今晚上，赶紧忙，做军鞋，缝军装。初十月亮还不圆，十五回来把月赏。[①]

5. 守寡

左手拿看钱粮纸，右手拿着金银瓶。转眼来到新坟上，鼻子一酸放了声。哭声天，哭声地，哭到天黑伤断情。拾掇拾掇回家转，夜幕降临满天星。屋里看，黑洞洞，打着火。点着灯。新房空空屋里静，看看床上冷清清。灯看我，我看灯，看着看着唤出声，鸳鸯枕头一人枕，绣花被得自己蹬。蹉蹉腿，冷冰冰，舒舒脚，四下星空。天将破晓打个盹，梦见丈夫回家中。丈夫进门叫连声。俺与丈夫又相逢。不由心中一阵喜，伸手去抱一场空。

6. 十二个月

公婆说俺妨少郎，过门不久郎命亡。都怨你儿无长寿，俺十八岁上守空房。
二月里来寡妇哭，脸洗不好头懒梳。搽粉描眉无有心，少惹公婆说是非。
三月里来清明节，丈夫狠心将奴撇。俺有好衣不敢穿，穿上害怕外边说。
四月里来养蚕忙，手提竹篮去采桑。桑树叶茂无心采，桑树底下哭一场。
五月里来麦发黄，大妹，二妹都上场。营生再忙有人替，谁帮寡妇翻遍场。
六月里来汗水淌，寡妇楼上热得慌。有心下楼去乘凉，只怕公婆说张狂。
七月里来秋风凉，糯米做酒味真香。往年有郎来尝酒，今年无郎封了缸。
八月里来月不明，苹果梨子敬神灵。嫦娥不理人间事，奴家一人冷清清。
九月里来九重阳，路上行人一双双。往年有郎相陪伴，今年孤单守空房。
十月里来十月一，家家坟上哭啼啼。寡妇起早去上坟，一哭哭到日头西。
十一月来冷丁丁，红绫被子不耐风，紧紧被子还是冷，手提汗襟哭到明。
腊月里来寡妇挪（改嫁），脱了白绫换红络，前面树上落喜鹊。[②]

六、劝世歌

1. 难报父母恩

父母的养育恩如地如天，为人子费尽力报答不完。人生在尘世上都有父母，老尽慈子尽孝理所当然。个别人只知道妻儿饱暖，竟忘了二爹娘养你一番。说父长道母短满腹怨言，就不怕外人笑说你不贤。从妊娠到长大苦心一片，说明了娘养儿千苦万难。娘怀儿一个月提心吊胆，只恐怕有差错如临深渊。娘怀儿二个月草上露水，茶不思饭不想百病来缠。娘怀儿三个月形容改变，每日里头难抬昼夜难眠。娘怀儿四个月四肢生长，一时阴一时阳心神不安。娘怀儿五个月五脏发现，腰膝酸腿脚软痛苦难言。娘怀儿六个月心慌意乱，三分人七分鬼如坐刀尖。娘怀儿七个月刚分七窍，食娘肉饮娘血腹疼不安。

---

① 东营史志办．岁月如歌——东营老民谣［M］．北京：方志出版社，2018：170.

② 东营市文联．东营民谚民谣［M］．北京：中国文联出版社，2002：83-84.

娘怀儿八个月八宝生全,坐不安睡不宁心似油煎。娘怀儿九个月就要分娩,周身的骨与肉如似刀剜。生几生死几死才见儿面,赤条条血浴身抱在怀间。说不尽娘怀儿十月之苦,养有恩比山重不似一般。生下儿娘心喜难关已过,受尽了人世苦度日如年。坐月子好美味不能下咽,通奶的脏屎尿娘都能餐。奶若缺煮米喂昼夜几遍,三九天夜煮米能说不寒。出天花和痘疹双亲操断,恨不得替我儿度过此关。为父的请医生腿脚跑软,老娘亲神灵前祷告苍天。好东西到嘴边不能下咽,无奈何口对口吐与儿餐。左边尿右边睡胳膊当枕,两边尿不能睡卧娘胸前。每日间为儿忙甘心情愿,儿啼哭娘心酸何曾安眠。尿一把屎一把娘心不厌,三九天打冰洗手指僵弯。一生子两岁时经常怀抱,只累得两膀酸麻无怨言。三生子四岁时学说学走,走一步叫声妈娘心喜欢。五生子六岁时刚会玩跑,怕火烧怕饭烫又怕水淹。到七岁送学校来把书念,怕我儿不聪明又怕师严。怕同学到一块欺侮于你,怕我儿不用功惹事生端。好田地为娇儿荒废一半,吃与穿供儿用自己不沾。为供儿交学费挣钱东北,跑胶东南临沂西去银川。二爹娘到此时用尽血汗,为娶亲盖房屋大批花钱。房建好债如山未等息喘,为父的请媒人又把亲搬。好彩礼她要得不计其数,室内的好家具样样俱全。二双亲到此时眼中落泪,为的是儿和媳使用百年。东也借西也借倾家荡产,众亲友和邻居都来支援。盼望儿成家后传宗接代,到百年两鬓白有了靠山。我只说儿媳到了却心愿,哪知道一辈子操劳不完。听起来公婆字很觉鲜艳,哪知道媳妇到婆婆作难。每日里忙家务收干晒湿,伙房里烧完饭再抱孙玩。老公爹就好比长工觅汉,婆母娘忙碌碌好似丫环。懂事的好儿媳知冷知暖,婆媳间相处得母女一般。不懂事两三天就把脸变,说公长道母短满腹意见。养育恩骨肉情全都不念,听妻言鼠目寸光顾眼前。兄弟们分开家轮流养赡,总不肯留爹娘多吃一餐。岳父家来了客鸡鱼肉蛋,看见了二双亲就把脸翻。二双亲到此时肝肠痛断,茶不思饭不想病在床前。特别是青少年细心盘算,将亲心比自心于心何安。只知道抱亲生娇生惯养,二爹娘抱你时如此一般。眼看着年迈人时光有限,你应该尽子情安慰老年。知父热和母冷双亲温暖,可不能恶言语再把脸翻。五更鼓手按胸想上一想,问自己怀抱儿所为哪般。孝顺儿定会生孝顺之子,忤逆子也会生忤逆儿男。请君看屋檐水滴滴不断,狸猫儿睡屋脊代代相传。小羊羔吃奶时双膝下跪,小鸟鸦报母恩一十八天。小禽兽都做到报效母恩,不尊父不孝母所为哪般。有董永家贫穷卖身葬父,有王祥卧冰渔万古流传。眼前里哪个村都有榜样,学他们孝父母和睦家园。请君想人一生时光有限,转眼间就来到你的头前。损别人利自己请君莫做,敬忠良爱孝子代代相传。这本是报母经请君细看,改恶习去行孝流芳百年。[①]

2. 十大劝

国正人心顺,官清民自安,妻贤大祸少,子孝父心宽。

一劝世人孝为本,黄金难买父母恩。孝顺生的孝顺子,忤逆养的忤逆人。我说这话你不信,看看你村街上人。老猫枕着屋脊睡,都是一辈传一辈。为人不把二老敬,世上你算什么人。

① 东营史志办.岁月如歌——东营老民谣 [M].北京:方志出版社,2018:204-207.

二劝媳妇孝公婆，孝敬公婆好处多。给你看门又干活，又是你的看娃婆。孝敬公婆免灾祸，后来你把孝名落。我说这话你不信，以后你也当婆婆。

三劝公婆莫心偏，闺女媳妇都一般。闺女不过常来往，媳妇常在你面前。又做饭来又生产，铺床叠被把茶端。虽说女儿对你好，能在面前孝几天？

四劝兄弟要互敬，你们本是同胞生。兄要忍来弟要恭，有点家产不要争。有事相互多商量，要学桃园三弟兄，千万别信谗言话，信了谗言坏事情。

五劝世人莫好强，争强好斗惹祸殃。要学先人张百让，后增今人福寿长。众人都要想一想，百忍百让万事祥。大家想想世上人，强梁之人不久长。

六劝夫妻要互敬，相亲相爱过一生。有事夫妻多商量，不可任意胡乱行。妻尊夫来夫爱妻，和睦家庭人人敬。莫叫一老常挂心，相濡以沫如宾朋。

七劝妯娌要相和，和睦妯娌扭风波。你做饭来她烧锅，比你单独强得多。要是吵嘴把家分，各人干的各人活。遇事两家不相问，亲戚邻居笑呵呵。

八劝嫂嫂和姐妹，姐妹本是一门客。常在一起多和气，亲戚走得热合和。谁走娘家都一样，嫂嫂姐妹差不多。

九劝青年男女生，读书学习下苦功。在家要听父母话，在校尊师先生称。下定决心把书念，考场争取第一名。

十劝廿四五正当年，人家打架莫上前。三拳两掌人打坏，拉拉扯扯去见官。打得轻了给人治，包工养伤你出钱。打死人命要治罪，绳捆锁绑下南监。

别说你是人命案，奸淫烧杀不容宽。爹又哭来娘又盼，妻儿老小泪涟涟。东邻西舍为你叹，亲戚朋友挂心间。要想居家见一面，杀人法场把命还。

你要听了我的劝，勤俭持家香又甜，多打粮来多挣钱，多卖余粮多存款。利国利己有贡献，人人夸你好儿男。

要是有德又有才，国家提拔你当官，当了官来要行正，作弊受礼骂名传，当官要学包文正，万古千秋美名传。你要不听我的劝，祸到临头后悔难。[①]

3. 莫强求

说的是人生在世莫强求，眼看着前人田地后人收。想当初平秦灭楚汉高祖，将项羽逼在乌江自刎头。好容易天下太平成一统，实指望子孙后代永千秋。谁料想二百年来王莽篡，幸遇了光武中兴大报仇。嗣后来献帝为君多软弱，董卓贼大兵起于西定州。入朝堂心怀篡逆欺天子，曹孟德虎牢关前会诸侯。关夫子立斩华雄败吕布，反弄得洛阳宫殿作瓦丘。都只为孙坚得了御玺印，最可叹虎头蛇尾把兵收。王司徒除奸定下连环计，貂蝉女堪称闺中女班头。最可恨首恶当诛余党乱，老王允殉国难跳城楼。又出了百般奸诈曹孟德，不几年群雄尽作闷悠悠。孙仲谋独据江东成霸业，刘皇叔东西南北任飘流。兄弟们脚跟无线随风转，老刘表三让荆州还不收。好容易进得徐州席未暖，反弄得全家失散使人愁。美髯公千里单骑寻兄长，辞曹瞒挂印封金表千秋。赵子龙长坂坡下声名远，

---

① 东营史志办. 岁月如歌——东营老民谣 [M]. 北京:方志出版社,2018:210-213.

张翼德当阳桥上勇无仇。唯有那桃园结义三杰士,要保全汉家基业复兴刘。诸葛亮用计巧取荆襄地,从此才三国争雄战不休。三江口赤壁鏖兵船烧尽,华容道关公仗义释曹囚。诸葛亮三计气死周公瑾,赴江东舌战群儒个个休。献地图张松来把西川卖,成都府刘璋软弱把降投。刘玄德开基立业才称帝,最可叹关公战死失荆州。白帝城昭烈托孤龙归海,亲把个刘禅付于武乡侯。诸葛亮六出祁山空肠断,姜伯约九伐中原血尽呕。小阿斗软弱无能承父业,他竟是矮檐之下低了头。不几年东吴丧失西蜀灭,司马炎篡权夺位大报仇。眼看着三分天下全归晋,魏蜀吴龙争虎战至此休。眼睁睁英雄事业成春梦,到头来衰草枯杨土一丘。陈锡溪怀古续编三国志,好叫人识知往事恨悠悠。细想来争名夺利有何用,总不如听天由命得自由。劝世人得过一日过一日,万不可争名夺利苦搜求。自古道世上多少英雄汉,不过是衰草荒郊土一丘。①

4. 忍字高

忍字高来忍字高,忍字头上一把刀。哪个不忍把难招,唱段忍字供参考。我说这话你不信,几位古人对你学。姜太公能忍把鱼钓,活到八十又保朝。苏秦能忍锥刺股,六国丞相他为高。伍子胥能忍要过饭,挨门乞讨品玉箫。韩信能忍钻胯下,登台拜将保汉朝。张良能忍汉不保,脚踏祥云任逍遥。朱买臣能忍把柴打,官居太守乐陶陶。吕蒙正能忍寒窑守,头名状元独占鳌。几辈古人忍性大,富贵都从忍上熬。也有古人不能忍,个个临死无下梢。庞涓不忍招敌箭,马陵道内魂魄消。黄羊不忍摆阴阵,千年道业命难逃。霸王不忍乌江死,盖世英维一旦抛。李白不忍贪美酒,死在江心顺水漂。罗成不忍箭乱射,淤泥河里归阴曹。吕布不忍貂蝉戏,白门楼前人头掉。周瑜不忍三口气,死到柴桑撇小乔。石崇豪富不能忍,万贯家业一笔销。奉劝君家想一想,哪个不忍灾祸招。就是皇上也要忍,十万江山坐得牢。朝郎驸马也要忍,金枝玉叶陪伴着。文武大臣也要忍,后来三台品级高。士农工商也要忍,哪个不忍祸难逃。学生能忍寒窗苦,不愁金榜独占鳌。农民能忍能劳动,庄稼丰收产量高。手艺能忍勤艰苦,不愁四海财名标。生意能忍要和气,招财进宝利润超。穷也忍来富也忍,各行各业都忍着。穷人能忍不愁富,吃苦耐劳莫心焦。富人能忍家业保,高枕无忧睡得着。父母能忍儿女孝,儿女能忍孝名高。兄宽弟忍双为贵,莫听老婆胡挑挑。夫妻能忍恩爱重,句把言语莫计较。妯娌能忍家不散,免得丈夫把心操。当家能忍家常顺,一年四季多干活。亲戚能忍多来往,婚丧嫁娶莫推托。邻居爷们也要忍,免得争吵闹家窝。结交朋友也要忍,错骗对哄合不着。伙计买卖也要忍,撒拐弄空翻脸多。出门在外也要忍,免得生地惹风波。酒色财气四个字,哪个不忍就出错。酒后无德肯惹祸,吃酒不如早睡觉。贪色多了损身体,野花不采是正格。无义之财不可取,穷了不如苦熬着。闲事闲非少去管,少生闲气身安乐。推聋装哑不为傻,得过且过寿星高。刁奸滑流不为好,人不知道天知道。天也不亏好心人,好事孬事尽你搞。善恶到头总有报,迟早迟晚都找着。忍字为高一小段,留给后人供参考。②

---

① 东营史志办. 岁月如歌——东营老民谣[M]. 北京:方志出版社,2018:216-217.
② 东营史志办. 岁月如歌——东营老民谣[M]. 北京:方志出版社,2018:218-221.

七、诙谐歌

1. 十个大字

一个大字一条街，吕蒙正官街赶过斋，张飞杀猪卖过肉，刘备深县卖草鞋。

二个大字两条龙，二郎担山担应承，玉皇看他本领大，差他下山捉妖精。

三个大字不算多，孙二娘开店十字坡，打遍天下无敌手，碰上好汉武二哥。

四个大字开龙门，铁面包公黑煞神，陈州放粮三个月，吓坏了西宫和皇亲。

五个大字武俊公，薛礼跨马去征东，平息叛乱凯旋日，唐王就把御弟称。

六个大字六月飘，关二爷马上倒提刀，要问关公哪里去，灞凌桥挑袍辞曹。

七个大字高四海，新科状元没回来，家中抛下小娘子，怀抱琵琶游世界。

八个大字八擂台，八洞神仙过海来，采和手里丢玉板，倒叫龙王拾起来。

九个大字九道沟，七郎八虎闯幽州，陵碑碰死杨继业，令公死了谁报仇。

十个大字都唱完，伍子胥无法过昭关，愁得一夜不安眠，须发皆白如霜染。[①]

2. 八扯

腊月里入伏好热的天，孙二娘逃荒下了云南，抱着她的大儿薛平贵，领着小儿名叫秦山。三个人骑着车子挎着匹马，一路上笑嘻嘻的泪不干。张翼德挺枪保着驾，唰冷冷枪刺死潘金莲。佘老太君碰头死，樊梨花抱头哭皇天，孟良焦赞把仇报，逮住那东汉刘秀把眼剜。孟姜女子要改嫁，小红娘提媒到家銮，三趟两趟说妥当，看日子要把媳妇搬。上轿时是那王三姐，下轿来成了杜秀兰，鲁智深和她拜天地，到夜晚汉高祖与她安眠。生下小孩呼延庆，猪八戒贺喜到门前，孙膑打躬把客让，让进来龙虎状元薛丁山。陪酒之人李存孝，喝酒喝到霸王肚里边。伍子胥喝醉酒手指梁山高声大骂，骂了声韩信和李渊，俺和你一无仇来二无恨，你为何借俺那荆州如今不还。差武松瓦岗寨搬来黄天霸，到明晨大闹苟家滩。这就是个八扯段，有句对的也不算完。[②]

八、历史传说歌

1. 十哭长城

十月里来立了冬，百般花草冻冻凌，家家都把寒衣做，孟姜女送寒衣哭倒长城。

一哭长城泪汪汪，面对银灯裁衣裳，未曾下钢剪，打量他身量，打量他高矮尺寸，打量不如亲手量，哭坏了当年的小孟姜。

二哭长城泪纷纷，做就了寒衣停了绣针，拿过菱花镜，照照奴的身，小奴穿着好，他也很应心，手托寒衣心里凉森森，床前缺少个穿衣人。

三哭长城泪两行，洗手和面下厨房，想起长城在，去擀那二碗汤，待要口味好，奴家先尝尝，什么味道只觉得心里凉，泪珠点点湿衣裳。

四哭长城泪满腮，换上件白布衫，头梳盘龙髻，上插白银钗。八幅罗裙白花开，好似玉女下天台，桃花眼里落下泪来。

① 东营史志办. 岁月如歌——东营老民谣 [M]. 北京：方志出版社，2018：186-188.

② 东营史志办. 岁月如歌——东营老民谣 [M]. 北京：方志出版社，2018：189-190.

五哭长城泪满怀,孟姜女送寒衣出了门来,脚踏路边草,步步实难抬,只觉心里一忙乱,忽然东倒又西歪,凉风扑满怀。

六哭长城泪盈盈,孟姜女送寒衣要去长城。脚踏着红沙地,阵阵东北风,眼望路上无人行,劳累奔波几千里,赶多咱①哭倒万里长城。

七哭长城泪潸潸,头里拔下白玉簪,就地划十字,缺连②圆又圆。左手点浆水,右手烧纸钱,哭一声地来哭一声天,哭了声丈夫没见面。

八哭长城泪滔滔,三件衣裳两件烧,左烧右边转,右烧左边飘,飘来飘去升空了,早知丈夫灵魂到,奴家不来这里烧。

九哭长城泪婆娑,叫声丈夫你听着,寒衣交给你,孬好你收着。若是穿上不应心,半夜三更把梦托,不和奴说和谁说。

十哭长城泪交流,哭了十声九回头,捧上路旁土,好像一坟丘,双膝跪地忙叩首。有心再哭两声,天晚没了日头。③

2. 武松除恶

说北乡,道北乡,河北有个石家庄。石家庄有个石员外,他的名字叫石万仓。儿子的名字叫石秀,他女儿名叫石桂香。石秀生来好学武,学会了拐子流星刀和枪。皆只为路见不平惹下祸,怕打官司逃外乡,听人说上了梁山寨,投奔晁盖和宋江。常言说跑了和尚跑不了庙,建着他爹遭了殃。他爹爹被那官府打,他母亲一病倒在床。石桂香万般出于无及奈,只得是药王庙里去降香。烧罢了香,许了愿,行走来在庙门上。忽听的东北乒啊乒的三声响,紧接着忽拉拉来了人一帮。头里走的"皮笊篱",后头跟着"不漏汤",当中间里人一个,他的名字"瞎爆仗"。三个山贼往前走,迎面来了个大姑娘。兄弟三人留神看,这姑娘长得真不瓢,看前影好像三国貂蝉女,看后影好像汉朝昭君还了阳。三个贼一看迷了窍,哪里有这么俊的大姑娘。招呼一声抢抢抢,抢到高山去拜堂。此时惊动了人一个,惊动了山东好汉武二郎。武松打从这里过,正在那柳荫树下来乘凉。忽听一阵人喧嚷,抬头看光天化日抢姑娘。今天有我武松在,不准坏人把良民伤。两膀使千斤力,使了个夜叉探海把贼降,左手抪死"皮笊篱",右手抪死"不漏汤",死了两个还不算,一脚踢死"瞎爆仗"。这就叫善恶到头终有报,恶人自有英雄降。④

九、儿歌

1. 打败日本鬼

小日本,喝凉水儿,打了罐,赊了本儿,坐汽车,轧断腿儿,坐轮船,沉了底儿。坐飞机,漫天黑儿,到头来变成鬼儿。共产党,打老蒋,为人民,上前防。八路军,冲在前,民

---

① 赶多咱:方言,什么时候的意思。
② 缺连:指在烧纸时,统地画十字,外画圆圈。
③ 东营史志办.岁月如歌——东营老民谣[M].北京:方志出版社,2018:225.
④ 东营史志办.岁月如歌——东营老民谣[M].北京:方志出版社,2018:251-252.

兵跟上去支援,先锋队,儿童团,同心协力一齐干,全国解放在明天。①

2. 呱嗒板

呱嗒板儿,四啊眼儿,中国造的洋烟卷儿。洋烟卷,真正香,中国造的机关枪。机关枪,打得远,中国造的千里眼。千里眼,照得明,中国造的大飞艇。大飞艇,飞得高,中国造的枪刺刀。枪刺刀,真正快,中国造的武装带。武装带,盛枪子儿,噼里啪啦打鬼子儿。②

3. 大公鸡上草垛

大公鸡上草垛,俺娘不给我找老婆。一找找了一大帮,最后剩下个拙老婆。叫她刷锅不刷锅,上那锅里打哇哇。叫她刷碗不刷碗,上那碗里洗洗脸。叫她刷筲不刷筲,上那筲里洗洗脚。③叫她刷瓮不刷瓮,上那觉里打澎澎。④

4. 小枣树(一)

小枣树儿,奤拉枝儿,上头结了个小白妮儿。脚又小,手又巧,两把剪子一起铰。左手铰的牡丹花,右手铰的灵芝草。灵芝草上有对蛾,扑啦扑啦过金河。过去金河是咱家,铺下棉条晒芝麻。一碗芝麻两碗油,大姐二姐比梳头。大姐梳的元宝纂,二姐梳的开花楼。开花楼上娶媳妇儿,一娶娶了个花骨朵儿。⑤

5. 曲曲菜儿

曲曲菜儿,精点点儿,上南边儿,做买卖儿;拾了小秤砣儿,换了小老婆儿。又拉下,又尿下,气得秤砣儿不要她。⑥

6. 垛版泥

小公鸡,上草垛,给俺找了大老婆。大老婆,很能干,做了一锅黍黍饭。爷吃了,去坐席。奶奶吃了纺棉花,我吃完了垛版泥。⑦

7. 小牛犊

小牛犊,跑得快,拉下桌子摆上菜。你一盅,我一盅,咱俩拜个好弟兄。⑧

8. 大家忙

麻子秸,烧热炕,爷爷控弦奶奶唱。爹推车,娘织布,俺也学着绞衣裳。⑨

① 东营市文联. 东营民谚民谣 [M]. 北京:中国文联出版社, 2002:111.
② 东营史志办. 岁月如歌——东营老民谣 [M]. 北京:方志出版社, 2018:332.
③ 筲:指水桶。
④ 东营市文联. 东营民谚民谣 [M]. 北京:中国文联出版社, 2002:121.
⑤ 东营史志办. 岁月如歌——东营老民谣 [M]. 北京:方志出版社, 2018:318.
⑥ 东营史志办. 岁月如歌——东营老民谣 [M]. 北京:方志出版社, 2018:324.
⑦ 东营市文联. 东营民谚民谣 [M]. 北京:中国文联出版社, 2002:168.
⑧ 东营史志办. 岁月如歌——东营老民谣 [M]. 北京:方志出版社, 2018:315.
⑨ 东营市文联. 东营民谚民谣 [M]. 北京:中国文联出版社, 2002:131.

附 录

附录一

黄河口民间歌谣保护与传承调查问卷

（幼儿园家长）

尊敬的家长朋友您好，感谢您对本次调查问卷的支持。本问卷采用匿名的方式，您填写的答案将仅作学术研究分析之用，主要目的是调查黄河口民间歌谣在当地家庭中的传承情况，恳请您在百忙之中如实填写。您的问卷调查结果将是我们研究的重要依据，谢谢！

1. 您的孩子是否会唱黄河口民间歌谣？

    A. 会　　　　　　B. 不会

2. 您的孩子会唱几首黄河口民间歌谣？

    A. 1–5 首　　　　B. 6–10 首　　　　C. 10 首以上

3. 您孩子的黄河口民间歌谣都是从哪里学习的？

    A. 幼儿园　　　B. 家长　　　　　C. 玩耍学习

    D. 网络　　　　E. 其他_____

4. 您的孩子一般都是在什么情况下唱黄河口民间歌谣呢？

    A. 上学时唱　　B. 玩耍时唱　　　C. 在家时唱给长辈听

5. 您的孩子是否喜欢黄河口民间歌谣？

    A. 喜欢　　　　　B. 不喜欢

6. 您的出生年份？

    A. 1970 年以前　　　　　　　B. 1970–1979 年之间

    C. 1980–1989 年之间

7. 您知道几首黄河口民间歌谣？

    A. 1–5 首　　　　B. 6–10 首　　　　C. 10 首以上

8. 闲暇时间，您会给孩子唱黄河口民间歌谣吗？

    A. 经常唱　　　B. 很少唱　　　　C. 基本不唱

9. 您如何理解民间歌谣？

    A. 历史悠久、民间口口相传的民谣　　B. 流行音乐的一种

    C. 带有民族风格的歌谣　　　　　　　D. 通俗的文艺小众歌曲

10. 您认为黄河口民间歌谣流失的主要原因是？

    A. 生活环境的变化　　　　　　　B. 文件资料太过匮乏

C. 家庭教育的影响太小　　　　　D. 传播的力度太小

E. 黄河口民间歌谣自身的局限性　　F. 学校没有相关课程,缺乏相关教育

11. 您觉得黄河口民间歌谣是否需要继续传承下去?

A. 有必要继续传承下去,黄河口民间歌谣也是我们黄河口文化的一部分。

B. 没有必要继续传承,过去的思想和经验太过老旧,不适合现在的孩子。

C. 无所谓。

12. 您认为保护和传承黄河口民间歌谣哪些办法更好?

A. 黄河口民间歌谣走入课堂　　　B. 设立科研机构进行专项研究

C. 提高家庭教育的作用　　　　　D. 扩大对黄河口民间歌谣的宣传

E. 对黄河口民间歌谣进行改编,紧跟时代潮流

F. 其他_____

13. 您希望孩子学习黄河口民间歌谣吗? 您觉得它对孩子有什么影响?

_____

_____

_____

_____

问卷到此结束,再次感谢您的支持与合作!

附录二

黄河口民间歌谣保护与传承调查问卷

（小学生）

亲爱的同学你好，非常感谢你对本次问卷调查的支持。本问卷采用匿名的方式，旨在调查黄河口民间歌谣在学校的传承情况，恳请你抽出时间如实填写。你的问卷调查结果将是我们研究的重要依据，再次感谢你的支持！

学校名称＿＿＿＿＿＿＿＿　　年级＿＿＿＿＿＿＿

1. 你的出生年份是？

   A.2007 年　　　　B.2008 年　　　　C.2009 年　　　　D.2010 年

2. 你是否会唱黄河口民间歌谣？

   A. 会　　　　B. 不会

3. 你会唱几首黄河口民间歌谣？

   A.1-5 首　　　　B.6-10 首　　　　C.10 首以上

4. 你从哪里学习的黄河口民间歌谣？

   A. 幼儿园　　　B. 家长　　　C. 玩耍学习

   D. 网络　　　　E. 其他＿＿＿＿＿＿

5. 你一般在什么时候唱黄河口民间歌谣？

   A. 课堂学习时　B. 玩耍时　　C. 在家唱给长辈听

6. 你喜欢黄河口民间歌谣吗？

   A. 喜欢　　　　　　　　B. 不喜欢

7. 您觉得黄河口民间歌谣对你有什么好处？（可多选）

   A. 增长见识　　B. 游戏解闷　　C. 学会道理

   D. 没有好处　　E. 其他＿＿＿＿＿＿

8. 现在学校里有开设与黄河口民间歌谣相关的课程吗？如果有，请写出课程名称。

   A. 有　　　　　B. 没有

9. 如果学校开设黄河口民间歌谣相关课程你是否喜欢？原因是什么？

   A. 喜欢　　　B. 一般　　　C. 不喜欢

原因：＿＿＿＿＿＿＿＿＿＿＿＿＿＿＿＿＿＿＿＿＿＿＿＿＿＿＿＿＿＿＿

＿＿＿＿＿＿＿＿＿＿＿＿＿＿＿＿＿＿＿＿＿＿＿＿＿＿＿＿＿＿＿＿＿＿＿

问卷到此结束，再次感谢您的支持与合作！

附录三

黄河口民间歌谣保护与传承调查问卷

（高校音乐学专业学生）

尊敬的朋友您好,非常感谢您对本次问卷的调查支持。问卷旨在调查黄河口民间歌谣在高校音乐学专业中的熟知度和认可程度等,属于匿名支持的学术研究。恳请您在百忙之中如实填写。您的问卷调查结果将是我们研究的重要依据,再次感谢您的支持,谢谢!

1. 请问您的出生年份?

   A.1999 年以前　　　　　　　　　　B.1999 年之后

2. 您是土生土长的本地居民吗?

   A. 是　　　　　　　　　　　　　　B. 不是

3. 您会唱黄河口民间歌谣吗?

   A. 会　　　　　　　　　　　　　　B. 不会

4. 您会唱几首黄河口民间歌谣?

   A.1~5 首　　　　　　　　　　　　B.6~10 首

   C.10 首以上　　　　　　　　　　　D. 几乎不会

5. 您是通过什么途径了解黄河口民间歌谣的? （可多选）

   A. 家庭教育　　　　　　B. 学校教育　　　　　　C. 朋友

   D. 传媒　　　　　　　　E. 其他_____

6. 您如何理解民间歌谣?

   A. 历史悠久民间口口相传的民谣　　B. 流行音乐的一种

   C. 带有民族风格的歌谣　　　　　　D. 通俗的文艺小众歌曲

7. 您认为黄河口民间歌谣流失的原因是?

   A. 生活环境的变化　　　　　　　　B. 文件资料太过匮乏

   C. 家庭教育的影响太小　　　　　　D. 传播的力度太小

   E. 黄河口民间歌谣自身的局限性　　F. 学校没有相关课程,缺乏相关教育

8. 您觉得黄河口民间歌谣是否有必要继续传承?

   A. 有必要继续传承下去,民谣也是我们文化的一部分。

   B. 没有必要继续传承,过去的思想和经验太过老旧,不适合现在的孩子。

   C. 无所谓。

9. 您认为保护和传承黄河口民间歌谣哪些办法更好?

   A. 黄河口民间歌谣走入课堂　　　　B. 设立研究机构进行专项研究

C. 提高家庭教育的作用　　　　　　D. 扩大对黄河口民间歌谣的宣传

E. 对黄河口民间歌谣进行改编，紧跟时代潮流

F. 其他_____

10. 您认为：您的专业是否有开黄河口民谣欣赏课的必要？

A. 有　　　　　　　　　　　B. 没有

11. 您认为：高校音乐学专业开设黄河口民谣欣赏课程什么意义？（可多选）

A. 保护、传承地方本土文化　　　B. 强化本土文化教育

C. 打造具有地方音乐教育特色品牌　　D. 其他

12. 您对在高校音乐学专业开设黄河口民谣欣赏课有何建议？

_____

_____

_____

_____

问卷到此结束，再次感谢您的支持与合作！

附录四

黄河口民间歌谣的保护与发展调查问卷

（社会人士）

尊敬的朋友您好，感谢您对本次问卷的调查支持。问卷旨在调查黄河口民间歌谣在社会中的熟知和认可程度等，属于匿名支持的学术研究。恳请您在百忙之中能够如实填写。您的问卷调查结果将是我们科学研究的重要依据，感谢您的支持，谢谢！

1. 请问您的出生年份是？

    A.1970 年以前   B.1970~1979 年之间

    C.1980~1989 年之间   D.1990~1999 年之间

    E.2000 年之后

2. 您的成长经历？

    A. 本地土生土长的东营人   B. 我是_____岁来东营定居的

3. 您是否会唱黄河口民间歌谣？

    A. 会   B. 不会

4. 您会唱几首黄河口民间歌谣？

    A.1-5 首   B.6-10 首   C.10 首以上

    D. 几乎不会

5. 您是通过哪些途径了解到黄河口民谣的？（可多选）

    A. 家庭教育   B. 学校教育   C. 朋友

    D. 传媒   E. 其他_____

6. 您如何理解民谣？

    A. 历史悠久民间口口相传的民谣   B. 流行音乐的一种

    C. 带有民族风格的歌谣   D. 通俗的文艺小众歌曲

7. 您心目中的黄河口民间歌谣是怎样的？（可多选）

    A. 孩子玩玩唱唱的口头歌   B. 富含深厚的黄河口文化内涵

    C. 是教育小孩很好的教材   D. 是黄河口文化的再现

    E. 是儿时的美好回忆，追寻童真的载体

8. 在生活中，您现在还哼唱黄河口民间歌谣吗？

    A. 经常唱   B. 偶尔哼一两句   C. 基本不唱

9. 您认为黄河口民间歌谣流失的原因是？

    A. 生活环境的变化   B. 文件资料太过匮乏

    C. 家庭教育的影响太小   D. 传播的力度太小

E. 黄河口民间歌谣自身的局限性　　　F. 学校没有相关课程,缺乏相关教育

10. 黄河口民间歌谣的渐渐消失,对于当地小孩有那些影响?（可多选）

A. 错过一段对黄河口历史往事的认识,黄河口民间歌谣文化也可能就此消失

B. 童年少了一份乐趣

C. 其他_____

11. 您觉得黄河口民间歌谣是否有必要继续传承?

A. 有必要继续传承下去,民谣也是我们文化的一部分。

B. 没有必要继续传承,过去的思想和经验太过老旧,不适合现在的孩子。

C. 无所谓。

12. 您认为保护和传承黄河口民间歌谣哪些办法更好?

A. 黄河口民间歌谣走入课堂　　　　B. 设立科研机构进行专项研究

C. 提高家庭教育的作用　　　　　　D. 扩大对黄河口民间歌谣的宣传

E. 对黄河口民间歌谣进行改编,紧跟时代潮流

F. 其他_____

问卷到此结束,再次感谢您的支持与合作!

附录五

黄河口民间歌谣分类一览表

（合计 447 首）

类型	大类	小类	序号	歌谣名称
一、号子 （10首）	劳动号子 （8首）	日常劳动 （4首）	1	夯号
			2	打桩号子
			3	黄河打蓬号
			4	拉套号
		治黄号子 （2首）	1	治黄碄号
			2	抢险号子
		开荒号子 （2首）	1	孤岛开荒号子
			2	广北开荒号子
	时政号子 （2首）	军民鱼水情 （2首）	1	扁担号子
			2	缴公粮号子
二、小调 （304首）	劳动歌 （36首）	手动劳动 （4首）	1	纺棉花
			2	纺线谣
			3	小纺车哗啦啦
			4	绣花曲
		农业生产 （21首）	1	四季歌
			2	十二月里月月忙
			3	黄河口，腊八杈
			4	割秋粮
			5	开荒
			6	婆媳冬季生产忙
			7	六月里三伏好热天
			8	日子有劲头
			9	歇工
			10	观天歌
			11	拾粪谣
			12	五小件
			13	挑扁担

类型	大类	小类	序号	歌谣名称
二、小调（304首）	劳动歌（36首）	农业生产（21首）	14	下坡强似闲赶集儿
			15	种葫芦
			16	种棉花
			17	八路军真不瓤
			18	锄谷谣
			19	捕蝗歌
			20	责任制
			21	土地包到户
		商业生产（5首）	1	做生意
			2	旱涝保收歌
			3	卖豆腐（二首）
			4	算
			5	淋皮硝
		发家致富（5首）	1	养
			2	机们进了家
			3	致富谣（四首）
			4	贺车歌
			5	萤火虫
		治黄歌(1首)	1	治黄夯歌
	时政歌（95首）	军民鱼水情（15首）	1	军属光荣歌
			2	表表咱百姓一片心
			3	八路军号民房
			4	慰问歌
			5	军民鱼水情
			6	驻军歌谣
			7	我家屋子在荒坡
			8	高粱青,麦子黄
			9	蒸饽饽
			10	纺棉花
			11	绣凤凰
			12	互助组
			13	打老蒋
			14	拥军优抗
			15	青年媳妇歌

类型	大类	小类	序号	歌谣名称
二、小调 （304 首）	时政歌 （95 首）	积极参军抗日 （27 首）	1	爱国保家歌
			4	左手拿着瓢
			5	劝夫参军
			6	参加八路军（二）
			7	我们是抗日的先锋
			8	叭勾，乒乓
			9	石榴开花胭脂红
			10	杯茶敬亲人
			11	王大娘
			12	咱二人多光荣
			13	大辫子甩三甩
			14	天明俺得送送他
			15	劝郎打东洋
			16	骨头硬的跟上他
			17	商家连参军歌
			18	小秤砣
			19	你拿刀，我拿枪
			20	我劝丈夫把军参
			21	民兵训练歌
			22	支前歌
			23	大家来参军
			24	参战去
			25	青年姐妹歌
			26	抗日歌（工农兵学商一齐来救亡）
			27	抗日歌（《火把舞》中的歌词）
		颂扬共产党 （14 首）	1	解放歌（三首）
			2	老百姓离不开共产党
			3	天上有颗北斗星
			4	叫声老大娘
			5	太阳红
			6	三里庄
			7	战三里
			8	八路军打先锋
			9	歌唱十二月

类型	大类	小类	序号	歌谣名称
二、小调 （304首）	时政歌 （95首）	颂扬共产党 （14首）	10	一马三司令
			11	翻身五更
			12	穷人大翻身
			13	扑蝗歌
			14	朱营长
		反对封建恶俗 （8首）	1	女子救解放
			2	缠足坏处多
			3	别再去缠足
			4	妈妈娘你好糊涂
			5	刘俊英出火坑
			6	讲求卫生
			7	放足歌
			8	妇女翻了身
		褒贬世事 （30首）	1	如虎狼
			2	遭灾殃
			3	缴了枪
			4	兵谣（三首）
			5	反内战
			6	坚决给他一锅端
			7	老蒋好心焦
			8	民歌
			9	喂黄鼬
			10	歌谣
			11	老百姓叫苦连天
			12	三大害
			13	解放区好风光
			14	悔不该下关东
			15	活抓野心狼（顺口溜）
			16	树上蝉儿叫
			17	李大嫂
			18	歪带着帽
			19	留分头
			20	上冬学
			21	你说识字多么好

类型	大类	小类	序号	歌谣名称
二、小调 （304首）	时政歌 （95首）	褒贬世事 （30首）	22	认票子
			23	不知足
			24	人情薄
			25	渤海兵工厂工人诗歌
			26	纺线生产
			27	土地改革
			28	缴公粮（四首）
			29	东营之有
			30	俺到家前迎姐姐
		其它（1首）	1	我们是金石
	生活歌 （44首）	穷困歌 （11首）	1	垦荒歌
			2	短工谣
			3	说是穷
			4	高利贷
			5	瞽乞调
			6	宫家决口
			7	小白菜芯里黄
			8	穷人歌
			9	说穷道穷
			10	大孤岛
			11	海滩行
		日常生活 （17首）	1	土歌
			2	小大衣
			3	辣疙瘩
			4	过年了
			5	绣荷包
			6	醉酒歌
			7	说酒
			8	话茶
			9	趣玩黄河滩
			10	四四歌
			11	对花
			12	会友歌
			13	三个臭皮匠

续表

类型	大类	小类	序号	歌谣名称
二、小调（304首）	生活歌（44首）	日常生活（17首）	14	酒令
			15	十枝花
			16	"金银"歌
			17	新女婿 劝丈母
		封建婚姻（5首）	1	这个日子怎么过
			2	找了个丈夫不成才
			3	自主婚姻
			4	九岁郎
			5	小白菜泪汪汪
		人事歌（8首）	1	小白菜叶儿黄
			2	小槐树
			3	扁豆花
			4	蒸了馍馍看婆婆
			5	婆婆送来一枝花
			6	孝顺子
			7	山老鸹尾巴长
			8	小麦赞
		教诲歌（3首）	1	孝娘亲
			2	二流子回头金不换
			3	人也贪来仙也贪
	仪式歌（40首）	节令歌（12首）	1	过小年
			2	辞灶歌
			3	叫明歌
			4	叫年蛾歌
			5	迎财神歌
			6	迎财神
			7	正月里闹花灯
			8	正月里刮春风
			9	龙抬头儿
			10	看春天
			11	放风筝
			12	四门观花
		婚嫁礼俗歌（11首）	1	婚呈

类型	大类	小类	序号	歌谣名称
二、小调 （304首）	仪式歌 （40首）	婚嫁礼俗歌 （11首）	2	要陪送
			3	嫁妆谣
			4	结婚填枕头谣
			5	绵铺盖歌
			6	郊天歌
			7	拜天地
			8	婚庆歌
			9	结婚喜歌
			10	结婚喜酒歌（五首）
			11	结婚歌（四首）
		日常礼俗歌 （8首）	1	祭宅歌
			2	盖新房歌
			3	盖新屋歌
			4	盖房歌
			5	生子歌
			6	修房歌
			7	百岁歌
			8	上寿歌
		丧葬礼俗歌 （9首）	1	选穴地歌
			2	给纸马开光谣
			3	开丧歌
			4	送葬起身歌
			5	移灵谣
			6	打发起身
			7	落丧谣
			8	圆坟歌
			9	扫坟谣
	情歌 （49首）	恋爱情思 （20首）	1	红荆条和好丫头
			2	新女婿劝丈母
			3	小妹妹在房中
			4	卖碎布
			5	看妹
			6	打面箩
			7	何时才能见情郎

类型	大类	小类	序号	歌谣名称
二、小调 （304首）	情歌 （49首）	恋爱情思 （20首）	8	看媳妇
			9	风流小姐卖俏
			10	绣荷包
			11	相亲
			12	看情郎
			13	咋看也不如哥哥好
			14	姨娘捎信儿叫外甥
			15	绣兜兜
			16	会情郎
			17	送情郎送到大门外
			18	送情郎（一）
			19	送情郎（二）
			20	黑妮自有黑对头
		婚姻生活 （10首）	1	姐儿
			2	牛郎织女
			3	小俩口拜年
			4	小木梳两头弯
			5	给你个日子过哩年
			6	两口子打仗不记仇
			7	小妹与哥哥
			8	姐俩夸夫
			9	小妹得病
			10	小妹妹与哥哥
		离别思念 （13首）	1	卖扁食
			2	天明俺得送送他
			3	正月里盼小妹
			4	张景月征兵苦了奴家
			5	盼郎归
			6	十五回来把月赏
			7	郎君立功把家还
			8	四宝上工
			9	十二个月
			10	思夫
			11	丈夫唯在我心中

类型	大类	小类	序号	歌谣名称
二、小调 （304首）	情歌 （49首）	离别思念 （13首）	12	串九州（一）
			13	串九州（二）
		亡妻、亡夫之思 （6首）	1	寡妇梦
			2	小寡妇上坟
			3	守寡
			4	十二个月
			5	光棍哭五更
			6	光棍哭妻
	劝世歌 （9首）		1	孝敬为第一
			2	难报父母恩
			3	老来难
			4	十大劝
			5	十劝
			6	莫强求
			7	忍字高
			8	八劝人
			9	过日子就怕这一手
	诙谐歌 （9首）		1	十个大字
			2	八扯
			3	说话胡
			4	诌
			5	吹大气
			6	大实话
			7	赵匡胤赌博
			8	羊饽饽蛋
			9	当年忙
	历史传说歌 （16首）		1	孟姜女送寒衣
			2	十哭长城
			3	四季歌
			4	八仙
			5	韩湘子挂号
			6	谭香女哭瓜
			7	罗成算卦
			8	打黄狼

类型	大类	小类	序号	歌谣名称
二、小调 （304首）	历史传说歌 （16首）		9	武松除恶
			10	赵美蓉赶考
			11	拳打武辖
			12	审青羊
			13	大姑娘洗澡
			14	画扇面
			15	绣花灯
			16	中华略史
	儿歌 （6首）		1	天皇皇
			2	摇篮曲
			3	又是哭，又是闹
			4	噢，噢，睡觉觉
			5	我家有个胖娃娃
			6	有福的孩儿
三、秧歌 （17首）	时政歌 （17首）	拥军抗日 （10首）	1	参加八路军（一）
			2	送郎参军
			3	赶快送儿上战场
			4	模范爹来模范娘
			5	我的丈夫志气强
			6	一根钢条五尺长
			7	抗日沟是战场
			8	青抗先歌
			9	扭啊扭
			10	抗日家属地位高
		歌颂共产党 （3首）	1	人民救星毛泽东
			2	朱德司令指挥强
			3	共产党领导八路军
		庆祝新生活 （3首）	1	火把舞
			2	新年秧歌小调
			3	庆祝新年
		其它（1首）	1	大普选
四、儿歌 （116首）	母歌 （73首）	抚儿之歌 （3首）	1	催眠歌
			2	小孩睡觉
			3	月姥姥

类型	大类	小类	序号	歌谣名称
四、儿歌 （116首）	母歌 （73首）	弄儿之歌 （2首）	1	摸虫虫儿
			2	蛤蟆从这里钻
		体物之歌 （34首）	1	小狸虎
			2	小巴狗
			3	小母鸡
			4	小滑盆儿
			5	小妮串门
			6	小公鸡上门楼
			7	小老鼠上灯台(一)
			8	小老鼠上灯台(二)
			9	小老鼠爬谷穗
			10	小老鼠尖尖嘴儿
			11	小老鼠娶媳妇儿
			12	曲曲菜儿
			13	冻死老鳖
			14	干豆角(学做活)
			15	老猫偷桃
			16	梳头
			17	树梢不到刮大风
			18	天上有个啥
			19	苇子湾里一只狼
			20	大麻籽秸靠河崖
			21	小叭狗
			22	小老鼠摔没了气
			23	大公鸡上草垛
			24	待客谣
			25	小板凳
			26	小枣树(一)
			27	小枣树(二)
			28	种葫芦
			29	我和汽车打电话
			30	老汉喂牛
			31	羊角菜
			32	小叭狗,戴铃铛

类型	大类	小类	序号	歌谣名称
四、儿歌 （116首）	母歌 （73首）	体物之歌 （34首）	33	东红庙，西红庙
			34	小白鸡
		人事之歌 （34首）	1	娶老婆
			2	拾棉花茬
			3	筛罗罗（一）
			4	筛罗罗（二）
			5	说瞎话
			6	瞎话，瞎话
			7	窗户台上种西瓜
			8	说胡诌，道胡诌
			9	一二三四五
			10	学药方
			11	打笤盹
			12	蒸饽饽
			13	蝈子吃蚂蚱
			14	十二棵树
			15	端盆盆儿
			16	拉钩钩儿
			17	拉钩，上吊
			18	大公鸡，红头冠儿
			19	买鸭梨
			20	买长果做瓣瓣
			21	都干活
			22	鸡打鸣
			23	大家忙
			24	春姑娘
			25	不打闹
			26	上学去
			27	学生歌
			28	纺棉花
			29	小白鸡
			30	小蜜蜂
			31	小妹妹
			32	垛版泥

类型	大类	小类	序号	歌谣名称
四、儿歌 （116首）	母歌 （73首）	人事之歌 （34首）	33	羊角鼓
			34	纺棉花
	儿戏 （43首）	游戏歌 （8首）	1	天上有啥——
			2	手托毽子歌
			3	脚盘年
			4	跑马城（雉鸡翎）
			5	踢毽子
			6	游戏童谣（七首）
			7	炸稞子
			8	锛芝麻茬
		谜语（1首）	1	什么虫
		叙事歌（34首）	1	小小子
			2	小女婿
			3	小脚床（二首）
			4	小红罐
			5	小板凳（四首）
			6	小白人
			7	小牛犊
			8	小狗看家
			9	小公鸡上磨台
			10	蓖麻秸
			11	擀面轴儿
			12	刮大风
			13	打面罗
			14	砘轱辘子花
			15	呱嗒板
			16	琉璃柴
			17	打败日本鬼
			18	日本鬼
			19	月嬷嬷
			20	好当家
			21	小公鸡
			22	槐树底下扎戏台
			23	一天织一尺

类型	大类	小类	序号	歌谣名称
四、儿歌 （116首）	儿戏 （43首）	叙事歌（34首）	24	新年好
			25	杜梨子树
			26	哏哏哏
			27	看你害羞不害羞
			28	小家雀
			29	隔褙儿
			30	新媳妇回娘家
			31	小白菜
			32	辣椒稞
			33	槐树槐
			34	好日子全凭俺俩过

参考文献

[1] 〔苏〕柳布林斯卡娅．李子卓等译，儿童心理发展概论［M］．北京：人民教育出版社，1951.

[2] 〔美〕詹姆斯，唐钺译，心理学原理［M］．北京：商务印书馆，1963.

[3] 〔德〕马丁·布伯著，陈维刚译［M］．北京：三联书店，1986.

[4] 〔美〕H·加登纳．兰金仁译，艺术与人生的发展［M］．北京：光明日报出版社，1988.

[5] 〔英〕吉特生．英国民歌论［M］．石家庄：河北教育出版社，2002.

[6] 〔美〕劳拉·E·贝克．吴颖等译，儿童发展（第五版）［M］．南京：江苏教育出版社，2002.

[7] 〔美〕凯瑟琳·贾维．王蓓华译，游戏［M］．成都：四川教育出版社，2006.

[8] 周作人．儿童文学小论［M］．石家庄：河北教育出版社，2002.

[9] 〔汉〕司马迁．史记［M］．长沙：岳麓书社，2006.

[10] 朱自清．中国歌谣［M］．长春：吉林出版集团股份有限公司，2016.

[11] 李新泰．齐文化大观［M］．北京：中共中央党校出版社，1992.

[12] 钟敬文．民间文学概论［M］．上海：上海文艺出版社，1980.

[13] 钟敬文．歌谣论集［M］．上海：上海文艺出版社，1989.

[14] 钟敬文主编，民俗学概论［M］．上海：上海文艺出版社，1998.

[15] 刘焱．儿童游戏通论［M］．北京：北京师范大学出版社，2004.

[16] 华爱华．幼儿游戏理论［M］．北京：北京师范大学出版社，2008.

[17] 刘晓东．儿童精神哲学［M］．南京：南京师范大学出版社，1999.

[18] 王尚文．语感论［M］．上海：上海教育出版社，2002.

[19] 黄伯荣，廖旭东．现代汉语［M］．北京：高等教育出版，2002.

[20] 于树健．东营文化通览［M］．济南：山东人民出版社，2012.

[21] 钱曾怡．山东方言研究［M］．济南：齐鲁书社，2001.

[21] 黄进．游戏精神与幼儿教育［M］．南京：江苏教育出版社，2006.

[22] 杨秋泽．东营方言研究［M］．香港：中国国际文化出版社，2009.

[23] 李维琦．修辞学［M］．长沙：湖南师范大学出版社，2012.

[24] 王瑞祥等著．童谣与儿童发展——以浙江童谣为例［M］．杭州：浙江大学出版社，2011.

[25] 张金路．黄河三角洲民俗文化［M］．济南：齐鲁书社，2013.

[26] 王增山,孙德祯,薄纯祥.黄河口民俗[M].济南:山东文艺出版社,2006.

[26] 王敏红.越地民间歌谣研究[M].合肥:安徽文艺出版社,2013.

[26] 孙丽莎.枣庄民间歌谣语言研究[D].西安:陕西师范大学硕士论文,2015.

[27] 苏义生.原生态歌谣修辞研究——以云南诸民族歌遥为例[D].上海:复旦大学博士学位论文,2013.

[28] 李燕芳.临汾民间歌谣的语言研究[D].大连:辽宁师范大学硕士学位论文,2018.

[29] 武鹰.山东民间歌谣简论.齐鲁学刊[J].1994(5).

[30] 莫丽.桂林童谣保护与教育传承研究[D].桂林:广西师范大学硕士学位论文,2012.

[31] 王艳霞.汉乐府婚恋诗歌与《诗经》婚恋诗歌的比较研究[D].延吉:延边大学硕士学位论文,2006.

[32] 汪恭艳,程音娟.徽州民间歌谣的保护与创新[J].黄山学院学报,2015(1).

[33] 程俊英.诗经[M].上海:上海古籍出版社,2012.

[34] 曹胜高,岳洋峰辑注.汉乐府全集[M].武汉:崇文书局,2018.

[35] 东营市文联.东营民谚民谣[M].北京:中国文联出版社,2002.

[36] 东营史志办.岁月如歌——东营老民谣[M].北京:方志出版社,2018.

[37] 董泽民.黄河口的传说·垦利民间文学集成[M].东营:东营出版社,1988.

[38] 唐松波,黄建霖.汉语修辞格大辞典[Z].北京:中国国际广播出版社,1989.

[39] 成伟钧,唐仲扬,向宏业.修辞通鉴[Z].北京:中国青年出版社,1991.

本书依托的相关课题

2018年山东省高校科研计划项目(人文社科类):黄河口民间歌谣的整理与研究(项目编号:J18RB208)

2019年度中国石油大学胜利学院校级教学研究项目:地方院校地域文化课程开发策略研究(项目编号:JGYB201914)

2020年度山东省社会科学规划研究项目:黄河文化精神提升大学生文化自信的路径研究(项目编号:20CPYJ11)

2020年度山东省艺术科学重点课题:黄河文化的精神内涵与当代价值研究(项目编号:ZD20208515)

后　记

　　黄河口有 5 500 年的开发历史,是多元文化汇聚的地域,传统文化底蕴丰富。黄河口民间歌谣的整理与研究,为人们了解黄河口文化打开了一扇窗口,对黄河口区域文化资源的开发利用、发扬传承有一定意义。

　　"人生在勤,不索何获。"本书自 2016 年开始酝酿,依托基金项目(山东省高校科研计划项日(人文社科类):黄河口民间歌谣的整理与研究,项目编号 J18RB208;中国石油大学胜利学院校级教学研究项目:地方院校地域文化课程开发策略研究,项目编号 JGYB201914;2020 年度山东省社会科学规划研究项目:黄河文化精神提升大学生文化自信的路径研究(项目编号:20CPYJ11);2020 年度山东省艺术科学重点课题:黄河文化的精神内涵与当代价值研究(项目编号:2D20208515),历经多少个不眠之夜,多少次灯火长明,终于在 2021 年初夏完成。

　　得成此书,衷心感谢中国海洋大学出版社的工作人员,他们付出了艰辛的劳动。在此,还要感谢我的学校——中国石油大学胜利学院提供的良好平台,感谢我的领导薛德枢院长、刘力榕副院长、刘青山副院长、王贞副处长,恩师马正平教授、李效珍教授、李军教授,以及高倩、李伟娟等同事。同时,我还要感谢课题组成员黄渊红、李秀娟等老师,以及王晨阳、李佳赢、范媛婷三位同学,他们在黄河口民间歌谣的收集、整理过程中做了大量工作。

　　《国风·卫风·木瓜》中有言:"投我以木瓜,报之以琼琚。匪报也,永以为好也! 投我以木桃,报之以琼瑶。匪报也,永以为好也! 投我以木李,报之以琼玖。匪报也,永以为好也!"衷心感谢大家对我的支持与帮助。

刘　娟

2020 年 8 月